TIME MANAGEMENT
समय
नियोजन के
नियम
समय संभालो, सब संभलेगा

A Happy Thoughts Initiative

Time management
समय नियोजन के नियम
समय संभालो, सब संभलेगा

By Tejgyan Global Foundation

प्रथम आवृत्ति : अगस्त 2016

रीप्रिंट : सितंबर 2017, रीप्रिंट : मार्च 2016

प्रकाशक : वॉव पब्लिशिंग्स प्रा. लि., पुणे

© Tejgyan Global Foundation
All Rights Reserved 2016.
Tejgyan Global Foundation is a charitable organization with its headquarters in Pune, India.

© सर्वाधिकार सुरक्षित

वॉव पब्लिशिंग्ज् प्रा. लि. द्वारा प्रकाशित यह पुस्तक इस शर्त पर विक्रय की जा रही है कि प्रकाशक की लिखित पूर्वानुमति के बिना इसे व्यावसायिक अथवा अन्य किसी भी रूप में उपयोग नहीं किया जा सकता। इसे पुनः प्रकाशित कर बेचा या किराए पर नहीं दिया जा सकता तथा जिल्दबंद या खुले किसी भी अन्य रूप में पाठकों के मध्य इसका परिचालन नहीं किया जा सकता। ये सभी शर्तें पुस्तक के खरीददार पर भी लागू होंगी। इस संदर्भ में सभी प्रकाशनाधिकार सुरक्षित हैं। इस पुस्तक का आंशिक रूप में पुनः प्रकाशन या पुनः प्रकाशनार्थ अपने रिकॉर्ड में सुरक्षित रखने, इसे पुनः प्रस्तुत करने की प्रति अपनाने, इसका अनूदित रूप तैयार करने अथवा इलेक्ट्रॉनिक, मैकेनिकल, फोटोकॉपी और रिकॉर्डिंग आदि किसी भी पद्धति से इसका उपयोग करने हेतु समस्त प्रकाशनाधिकार रखनेवाले अधिकारी तथा पुस्तक के प्रकाशक की पूर्वानुमति लेना अनिवार्य है।

Time management
Samay niyojan ke niyam
Samay sambhalo, sab sambhlega

यह पुस्तक समर्पित है
उन इतिहास रचनेवाले लोगों को
जिन्होंने सही वक्त पर
उचित निर्णय लेकर
अपने समय को अमर कर दिया।

समय सारणी

प्रस्तावना - समय की किताब 9

खण्ड १ समय के गरीब होने से बचें One 11

1 समय के अमीर बनें 13
आपके एक घंटे की कीमत कितनी

2 समय व्यर्थता की पहचान 19
टाइम किलर को किल करें

3 आप कहाँ-कहाँ समय की दौलत को लुटाते हैं 23
पाँच खर्चे, ग्यारह मान्यताएँ

खण्ड २ समय समृद्धि के नियम Two 29

4 ०/२० नियम 31
ज़रूरी कामों पर ध्यान केंद्रित करने का तरीका

5 इस समय नियम का इस्तेमाल कैसे करें 37
८०/२० का सही उपयोग

6 प्राथमिकता का नियम 41
कार्यों का सही चयन

7 समय सीमा का नियम 47
कम समय में काम करने का तरीका

खण्ड ३ समय और कार्य नियोजन Three 53

8 समय बचत के उपाय 55
कामों की पहल करने का तरीका

5

9	कार्यों के मानसिक बोझ से मुक्ति मौजूदा कार्य प्रणाली में लाएँ बदलाव		63
10	कार्य लेखन व कैपचरिंग कार्य प्रणाली का पहला कदम		69
11	आवश्यकता व अभिलाषा सूची समय व कार्य नियोजन के दो शब्द		73
12	ऊर्जा बढ़ाएँ, समय बचाएँ आप दिन का कौन सा समय चुनेंगे?		77
13	कारण देने से काम पूरे नहीं होते काम और समय के प्रति वचनबद्ध बनें		81
14	अपूर्ण कार्यों को समय दें समय के आत्मसुझाव		87

खण्ड ४ समय की छोटी बचत — Four — 91

15	'थोड़े' समय में ज़्यादा कामों का फायदा छोटी मगर दमदार शुरुआत		93
16	दो मिनट तकनीक मिनटों का चमत्कार		97

खण्ड ५ समय की बड़ी बचत — Five — 101

17	कार्य सौंपकर समय पाएँ भविष्य की बचत		103
18	सोच-शक्ति से समय बचाएँ नई सोच के चार हिस्से		109
19	'ना' कहें और समय की बरबादी से बचें अपने समय को महत्त्व दें		115

खण्ड ६ समय रूपी दौलत का सही निवेश — Six — 121

20	समय बचाकर समय निवेश करें निवेश योजना को मज़बूत बनाएँ		122

21	हाय-टेक बनें नई तकनीक व नई सोच के मालिक बनें	129
22	सही समय पर फैसले सरल तकनीक द्वारा सीखें यह कला	133
23	छोटे समय पर रखें अपना ध्यान थोड़े से खाली समय का भरपूर उपयोग	139
24	एकांत में मौन का समय समय नियोजन की आध्यात्मिक तकनीक	143

परिशिष्ट 147

भाग १	समय नियोजन द्वारा तनाव से मुक्ति	149
भाग २	मीटिंग्स को प्रभावशाली बनाने का तरीका	152
भाग ३	समय के संबंधित मान्यताएँ	156

तेजज्ञान की जानकारी 161-168

प्रस्तावना

समय की किताब

"मैं नियमित रूप से ऐसा क्या करता हूँ,
जिसे मैं पूरी तरह बंद कर सकता हूँ या
दूसरे को सौंप सकता हूँ", यह सवाल पूछकर
इस पुस्तक को पढ़ने का समय पा लें।

समय नियोजन क्यों सीखा जाए? इसके क्या लाभ हैं? यह सवाल पुस्तक पढ़ने से पहले हरेक के अंदर आ सकता है तो आइए, पुस्तक की शुरुआत, समय नियोजन के लाभ जानकर करते हैं।

समय नियोजन करने से आपके कार्यों की गुणवत्ता बढ़ती है। बढ़ी हुई कार्यक्षमता और पदोन्नति के सुनहरे अवसर आपको मिल पाते हैं। आप अपने कार्य पर ध्यान केंद्रित कर पाते हैं। आपका कार्यों को टालना कम होता जाता है।

समय नियोजन की वजह से आप आसानी से अपने लक्ष्य की तरफ कदम उठा पाते हैं। यह आपमें उपलब्धि की सुखद भावना निर्माण करता है। आपके अंदर हर कार्य को पूर्ण करने का आत्मविश्वास बढ़ता है। साथ ही विश्वसनीयता और वचनबद्धता का गुण बढ़ता है।

आपको परिवार के साथ समय बिताने के लिए पर्याप्त समय मिल पाता है।

अपेक्षाकृत कम तनाव के कारण, बेहतर स्वास्थ्य प्राप्त होता है। नियोजित कार्यों में कम गलतियाँ होती हैं और उन पर पुनः कार्य करने की ज़रूरत नहीं पड़ती।

उपर्युक्त लाभों के अलावा समय नियोजन का लाभ हरेक के जीवन में अलग महत्त्व रखता है। यदि आप अपने जीवन में मिलनेवाले लाभों पर मनन कर पाएँ तो वे आपको समय के समृद्ध बनने की प्रेरणा देंगे।

समय के लाभ जानने के बाद आइए, अब इस पुस्तक के बारे में कुछ बातें समझें। समय नियोजन की इस पुस्तक को २४ अध्यायों में बाँटा गया है। इस तरह आप रोज़ एक अध्याय पढ़कर समय नियोजन की कला में निपुण हो सकते हैं।

इस पुस्तक के पृष्ठों की सजावट इस तरह की गई है कि बाहर से ही आपको पता चल जाएगा- आप कौन सा खण्ड पढ़ रहे हैं। इससे आप जो खण्ड पढ़ना चाहते हैं, सीधे उसी खण्ड को खोलकर पढ़ पाएँगे।

समय नियोजन से संबंधित कुछ महत्वपूर्ण टिप्स भी इस पुस्तक में जगह-जगह पर दी गईं हैं। उनका लाभ लेकर आप रोज़मर्रा के कार्यों में आसानी से समय बचा पाएँगे।

हर अध्याय के शुरुआत में कुछ महत्वपूर्ण पंक्तियाँ दी गईं हैं। यदि आप समय संबंधित जागृति अपने अंदर बनाए रखना चाहते हैं तो इन पंक्तियों को एक कागज़ पर उतारकर, उस कागज़ को ऐसी जगह पर टाँग दें, जहाँ रोज़ आपकी नज़र जाती हो। इससे आप स्वयं को सदा उत्साहित महसूस करेंगे।

पुस्तक पढ़ते हुए पेन या मोबाईल साथ में लेकर बैठें। पढ़ते वक्त जो भी पंक्तियाँ महत्वपूर्ण लगें उन्हें पेन से मार्क कर लें या मोबाईल में उनका फोटो निकालकर रख दें।

पूरी पुस्तक पढ़ लेने के बाद, अपने लिए एक कार्य योजना बनाएँ और उस पर अमल करके देखें। हर महीने उस कार्य योजना में कुछ फेर- बदल करके, उसे दुरुस्त करते रहें ताकि आपकी कार्य योजना परफेक्ट हो जाए।

... हॅपी थॉट्स

खण्ड १

समय के गरीब होने से बचें

ONE

पहला घंटा

समय के अमीर बनें
आपके एक घंटे की कीमत कितनी

समय दुश्मन भी बन सकता है
अगर आपने उसे दोस्त नहीं बनाया।

हर कोई पैसे पाकर अमीर बनना चाहता है परंतु यह बात बहुत कम लोग समझ पाते हैं कि 'समय के अमीर' बनने का महत्त्व ज़्यादा है।

आज तक आपको ऐसे कई लोग मिले होंगे, जिन्होंने आपको 'पैसों का नियोजन कैसे किया जाए?' इस पर मार्गदर्शन दिया होगा। इस परामर्श में घर के सदस्यों से लेकर, बाहर के कई लोगों का समावेश होगा। इसके लिए कुछ ऐसे जानकार लोग हमें मिल जाते हैं जो बताते हैं कि हमें अपना पैसा कहाँ डालना चाहिए... कहाँ कितने प्रतिशत मुनाफा होता है इत्यादि। कुछ लोग तो मंदी व तेज़ी दोनों में आपको मुनाफा करवाने का दावा करते हैं। केवल इतना ही नहीं बल्कि पैसों के नियोजन के लिए कुछ प्रतिनिधी भी बिठाए गए हैं परंतु वहीं समय नियोजन के लिए कई बार हमें मार्गदर्शन देनेवाले नहीं मिल पाते।

पैसे के व्यवहार में जब कहा जाता है कि १०० रुपए, तो इन १०० रुपयों की कीमत हर इंसान के लिए एक समान होती है। जब कोई कहता है कि १०० रुपयों के १२० रुपए मिलेंगे तो सभी के लिए यह मुनाफा भी एक बराबर होता है।

लेकिन समय के विषय में ऐसा हिसाब-किताब सही सिद्ध नहीं होता। हर इंसान के एक घंटे की कीमत अलग-अलग हो सकती है। विद्यार्थी के एक घंटे और शिक्षक के एक घंटे में बहुत फर्क है। विद्यार्थी ने एक घंटा पढ़ाई करने का निश्चय किया तो उससे केवल उसी का फायदा होगा। परंतु शिक्षक ने एक घंटा पढ़ाया तो पूरी कक्षा का फायदा होता है। एक शिक्षक का एक घंटा व्यर्थ जाना, यदि कक्षा में ६० विद्यार्थी हों तो ६० घंटे व्यर्थ जाने के बराबर है। उस एक घंटे में जो मार्गदर्शन विद्यार्थियों को मिलने जा रहा था, उसका भी नुकसान अलग से होगा।

इसी तरह देखा जाए तो एक कंपनी चलानेवाले का एक घंटा, हज़ारों घंटों के बराबर है। वहीं एक पंतप्रधान के एक घंटे की कीमत कई लाख घंटों के बराबर है।

अब यदि हम समय नियोजन की बात करें तो हर इंसान के समय को एक सूत्र में नहीं बाँधा जा सकता और न ही उसकी तुलना एक-दूसरे से की जा सकती है। यह भी एक मुख्य कारण है कि समय नियोजन का प्रतिनिधी (शिक्षक) हमें नहीं मिलता इसलिए हर इंसान को अपने समय की कीमत स्वयं ही समझनी होगी। इस कीमत को समझने के लिए हमें समय संपन्न बनना होगा।

समय संपन्नता का अर्थ है, समय के साथ तालमेल बिठाना। जैसे कुदरत के साथ तालमेल बिठाया जाए तो वह स्वयं अपने रहस्य इंसान के सामने उजागर करती

है, उसी तरह यदि समय के साथ तालमेल बिठाया जाए तो हम समय के अमीर बन सकते हैं।

गीतों की ताल की तरह ही, समय की भी ताल होती है। उस ताल के साथ यदि हम ताल मिला लें तो हम समय संपन्न बन पाएँगे। यह ताल कैसे बिठानी है? आइए, यह समझते हैं।

हर घंटे में एक ऐसा समय आता है, जिसमें ताल होती है। जैसे १ बजकर १ मिनट, २ बजकर २ मिनट... १० बजकर १० मिनट। यह है, समय की ताल। इस ताल को यदि हम याद रख पाए तो हम हर घंटे में २ मिनट अपने लिए निकाल पाएँगे। आप सोचेंगे कि इन दो मिनटों में क्या होगा? परंतु ये दो मिनट आपके जीवन की काया पलट सकते हैं।

यदि हर घंटे आपने दो मिनट निकालकर अपनी आँखें बंद की और यह देखा कि 'मेरा पिछला घंटा कैसे गुज़रा और मैं आनेवाला एक घंटा कैसे गुज़राना चाहता हूँ?' तो आप हर घंटे अपना सेल्फ-एनालिसिस (स्व अवलोकन) कर पाएँगे और आनेवाले घंटे में सजग व प्रोडक्टिव (उपयोगी) रह पाएँगे।

स्व अवलोकन के कई फायदे हैं। जो इंसान किसी गुण को बढ़ाने के लिए कार्य कर रहा हो, वह देख पाता है कि पिछले घंटे उसके पास गुण (विकास) को बढ़ाने के कौन-कौन से मौके आए और उनका उपयोग उसने किया या नहीं।

जो अपने अंदर से कोई वृत्ति निकालना चाहता हो, जैसे कि क्रोध तो वह देख पाता है कि पिछले घंटे उसने कितनी बार क्रोध किया? कितनी बार स्वयं को रोकने में वह कामयाब रहा। इससे आनेवाले घंटे में उसकी सजगता बढ़ जाती है।

जो आध्यात्मिक उन्नति करना चाहता हो, वह स्वयं से पूछ सकता है कि 'पिछला घंटा मैंने स्वयं को क्या मानकर बिताया? आनेवाला घंटा मैं कैसे बिताना चाहता हूँ?' इस तरह दिनभर उसकी सजगता बनी रहेगी।

जो निर्णय क्षमता बढ़ाने पर कार्य करना चाहता हो, वह देख पाता है कि पिछले घंटे मैंने कितने निर्णय स्वयं लिए और कितने दूसरों के कहने पर? आनेवाले घंटे में वह तय कर सकता है कि वह सजगता रखकर स्वयं निर्णय लेगा। आप भी अपने लिए चुनें कि हर घंटे आप किस चीज़ पर सजगता चाहते हैं और उस पर विकास कर सकते हैं।

समय नियोजन के नियम

आप सुबह जितने बजे उठते हैं, उसके अनुसार अपने लिए हर घंटे का बज़र लगाएँ। इसके लिए आप अपने मोबाईल का इस्तेमाल कर सकते हैं। आगे दिए गए चार्ट को देखकर, सुबह उठने से रात को सोने तक के बज़र लगा दें।

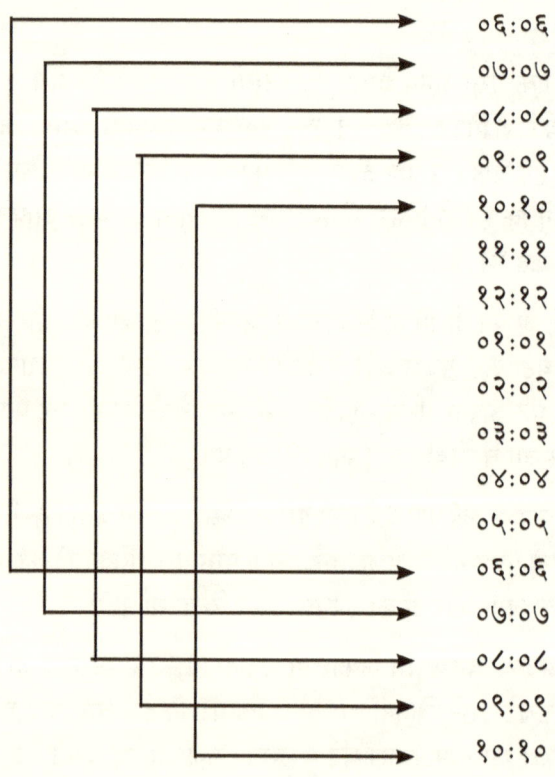

हर घंटे दो मिनट का समय, आपके लिए दो लाख की लौटरी लगने जैसा सिद्ध हो सकता है।

इस पुस्तक के २४ अध्यायों द्वारा आप समय नियोजन की कला सीखने जा रहे हैं। यदि आप सोच रहे हैं कि इस पुस्तक को पढ़ने का **समय मेरे पास नहीं** है तो आइए, इसे भी आसान बनाते हैं।

इस पुस्तक के हर अध्याय को, हर रोज़ एक घंटा देकर पढ़ें, मनन करें। इससे आप २४ अध्यायों को २४ घंटों में पढ़कर पूरा कर पाएँगे। इसका अर्थ है, केवल एक दिन (२४ घंटों) में आप समय नियोजन की कला सीख जाएँगे।

तो बधाई हो! अब आपकी हर घंटे समय पाने की लौटरी लगेगी और आप समय संपन्न बनते जाएँगे।

समय नियोजन टिप

ऑफिस के कामों के लिए बचा समय

क्या ऑफिस में लोग आपकी टेबल के सामने बैठकर, गपशप करके आपका समय नष्ट करते हैं?

टिप : सबसे आसान तरीका यह है कि आप अपनी टेबल के सामने रखी कुर्सियाँ हटा दें। क्योंकि लोग बहुत समय तक खड़े रहकर, बैठे इंसान से बातचीत नहीं कर पाते।

ऐसा करने से लोगों की अतिरिक्त बातचीत खत्म हो जाएगी। जिसे आपसे जितना काम होगा, वह केवल उतनी ही बात करके चला जाएगा। आपके काफी समय की बचत होगी।

दुसरा घंटा

समय व्यर्थता की पहचान

टाइम किलर को किल करें

समय जाने का अफसोस करने में,
ज़्यादा समय जाता है। इसके बजाय अगले
इम्तिहान में बेहतर कर्म करने का संकल्प लें।

एक अमीर इंसान के बेटे को किसी नर्तकी से प्रेम हो गया। उसने यह बात अपने पिताजी को बताई। पिताजी के मना करने पर भी उसने उसी नर्तकी से शादी करने की ज़िद की। पिताजी उसकी ज़िद के सामने हार मानते हुए नर्तकी के पिताजी से मिलने गए। शादी का प्रस्ताव सुनते ही नर्तकी के पिताजी ने कहा कि वे केवल नर्तक से अपनी बेटी की शादी करवाएँगे। उनकी बिरादरी के हिसाब से जमाई भी नट होना चाहिए। इसलिए उनके बेटे को नट बनना पड़ेगा, नृत्य सीखना पड़ेगा। यह सुनते ही वे नाराज़ हो गए और उन्होंने अपने बेटे को शादी न करने की सलाह दी। मगर बेटा उस नर्तकी से अंधा प्रेम करता था इसलिए वह नर्तकी के पिताजी की शर्त मानने के लिए तैयार हो गया। फिर उसने नृत्य सीखना शुरू किया और छह महीनों के बाद वह नृत्य में निपुण बन गया।

उन नर्तकों की बिरादरी के नियम के अनुसार उसे निपुण तब माना जाएगा, जब उस राज्य का राजा उसके नृत्य पर ताली बजाएगा। इस वजह से उसके नृत्य के कार्यक्रम का आयोजन किया गया। राजा को उस कार्यक्रम के पीछे का हेतु बताया गया। राजा जब नृत्य देखने आया, तब नर्तकी को देखकर उसके मन में उससे शादी करने की इच्छा जागृत हुई। जिस वजह से अच्छा नृत्य करने के बाद भी राजा अपने आपको ताली बजाने से रोक रहा था जबकि सभी लोग तालियाँ बजा रहे थे।

उस कार्यक्रम में उपस्थित हर इंसान इस घटना को अपने-अपने दृष्टिकोण से देख रहा था। वह लड़का, उसका पिताजी, वह नर्तकी, उसका पिताजी, राजा इत्यादि। राजा उस नृत्य को थोड़ा कठिन बनाना चाह रहा था ताकि नर्तक हारकर गिर जाए। उसने नृत्य के मंच को ही हवा में झूलता हुआ मंच बना डाला। जिसे नर्तक को नृत्य करने में परेशानी हो।

आखिरी दिन जब यह कार्यक्रम चल रहा था, तब नर्तक नर्तकी के साथ शादी करने के जुनून से नृत्य कर रहा था। सभी को बड़ा आश्चर्य था कि कैसे झूलते हुए मंच पर वह नृत्य कर रहा था। मगर राजा अभी भी अपनी लालच की वजह से ताली नहीं बजा पा रहा था। नृत्य करते-करते अचानक उस लड़के की नज़र मंच बनानेवाले कारीगर पर पड़ी। वह मज़े से एक जगह बैठा हुआ था, जैसे वह वहाँ पर होकर भी नहीं था। राजा की दासियाँ उसे फल वगैरह लाकर दे रही थी, उसकी सेवा में थी मगर उसे जैसे किसी से कुछ लेना-देना नहीं था। वह किसी की तरफ नहीं देख रहा था जबकि वे दासियाँ उसकी प्रेमिका से भी ज़्यादा खूबसूरत थीं। यह दृश्य देखते ही उस नर्तक की

आँखें खुल गई। उसे अपने प्रयास की व्यर्थता का पता चला।

'मैं यह क्या कर रहा हूँ और मुझे इससे क्या प्राप्त होगा?' यह सवाल अचानक उसके मन में घर कर गया। यह सवाल आते ही उसे लगा कि '**मैं व्यर्थ में अपना समय और अपनी ऊर्जा गवाँ रहा हूँ।**' यह समझ आते ही वह मंच से नीचे उतर आया और राजा को प्रणाम कर, अपनी हार स्वीकार करके वहाँ से चला गया।

इस कहानी के माध्यम से हमें भी यह समझना है कि आखरी चरण में जब नर्तक मंच बनानेवाले को देखता है तो उसे अपनी गलती का एहसास होता है। उसे महसूस होता है कि केवल एक अंधी ज़िद पूरी करने के लिए उसने अपनी पूरी ज़िंदगी दाँव पर लगा दी। अपना समय और ऊर्जा उस व्यर्थ के जुनून के लिए लगा दी। यही समय और ऊर्जा अगर वह अपने लक्ष्य (जिसकी उसे प्यास भी थी) पर लगाता तो उसका जीवन सार्थक हो जाता।

इस कहानी में मंच को बनानेवाला प्रतीक है, उस इंसान का जिसके पास लक्ष्य है और उस लक्ष्य को पाने का जुनून है। जिसके पास लक्ष्य होता है और जो उस राह पर बढ़ता जाता है, उसके पास बाकी चीज़ें स्वयं ही आ जाती हैं। उस मंच बनानेवाले ने अपनी नई खोज, नए लक्ष्य 'झूलता हुआ मंच' बनाने की चुनौती को स्वीकार किया और उसे सार्थक कर दिखाया। जिस वजह से वह बहुत आनंद में था और उसके आगे-पीछे खूबसूरत दासियाँ (सारी सुख-सुविधाएँ) थीं परंतु उसका ध्यान मात्र अपने परम लक्ष्य को साकार रूप में देखने में था।

मंच बनानेवाले को देखकर नृतक को समझ में आया कि उसके पास भी दमदार लक्ष्य है। उसे यह भी एहसास हुआ कि वह अपने हुनर शक्ति व समय को अपनी वासनाओं की प्राप्ति में व्यर्थ गँवा रहा है। जबकि उसे अपने समय का उच्चतम उपयोग करना चाहिए।

ये बातें समझते ही वह समय का अमीर बन गया। अब वही समय उसने अपने पृथ्वी लक्ष्य को पाने के लिए उपयोग किया।

कहानी से सीख प्राप्त करके, आप भी देखें कि दिनभर के कार्य में हम कहाँ-कहाँ अपना समय व ऊर्जा व्यर्थ गँवाकर, समय के गरीब बन जाते हैं। ऐसी चीज़ें जो हमारा समय व्यर्थ करती हैं, इन्हें टाइम किलर्स भी कहा जाता है। इन टाइम किलर्स को किल

करना (मिटाना) आवश्यक है। होश में रहने से किसी भी क्षण व्यर्थता का पता चल सकता है। जैसे उस नृत्यकार को नृत्य के दौरान अपने फिज़ूल प्रयास की व्यर्थता का आभास हुआ।

सुबह से लेकर रात तक होश में रहकर देखें कि हम दिनभर में क्या-क्या करते हैं? व्यर्थता का पता चलते ही कई ऐसी गैरज़रूरी चीज़ें आपसे छूटती जाएँगी जो आपके लक्ष्य के साथ नहीं जुड़ी हैं। इस तरह आप स्वतः ही समय के अमीर बन जाएँगे और आपका हर क्षण सार्थक होगा।

जिनके पास लक्ष्य है, उन्हें अपनी व्यर्थता तुरंत दिखाई देगी। यदि आपने अब तक अपना लक्ष्य तय नहीं किया है तो लक्ष्य निर्धारण में मदद करनेवाली पुस्तक पढ़कर जल्द से जल्द अपना लक्ष्य तय कर लें।

◆ ◆ ◆

आप खोए हुए समय को वापस नहीं ला सकते।
आप केवल भविष्य को बेहतर बना सकते हैं।

- ऍशले ओरमन

तीसरा घंटा

आप कहाँ-कहाँ समय की दौलत को लुटाते हैं

पाँच खर्चे, ग्यारह मान्यताएँ

रात को कृतज्ञता का भाव
मन में लाकर फिर सोएँ।
अच्छी नींद दूसरे दिन के लिए समय बचाएगी।

समय नियोजन के नियम

मान लें कि आप एक दिवसीय क्रिकेट मैच देखने में लगे हुए हैं, इसमें आपका समय, ऊर्जा और पैसा खर्च हो रहा है। क्रिकेट का मनोरंजन आपको इस व्यर्थता का पता चलने नहीं देता। आप अपने शौक में उलझे रहने की वजह से यह देख नहीं पाते। *आइए, इस पर थोड़ा मनन करें:

१. यह क्रिकेट मैच मुझे क्या दे रहा है?

२. अगर मैंने यह मैच नहीं देखा होता तो इससे जीवन में क्या फर्क पड़ा होता?

३. मैंने मैच न देखकर क्या खोया होता और देखकर क्या पाया है?

४. क्या मैं यह समय बचाकर किसी ज़रूरी और महत्वपूर्ण कार्य में निवेश कर सकता था?

उपर्युक्त प्रश्नों पर ईमानदारी से सोचेंगे तो पता चलेगा कि आपका कितना समय, ऊर्जा और पैसा इसमें खर्च हो गए। ठीक इसी तरह अपने जीवन के हर भाग पर मनन करके देखें कि आप अपने जीवन के अलग-अलग स्तर पर, समय की दौलत को कहाँ-कहाँ लुटाते हैं?

१) शारीरिक स्तर पर

१. अधिक खाना खाकर मेरा क्या लाभ होता है?

२. अधिक खाना मेरी स्वाद इंद्रियों पर कितनी देर टिकता है?

३. मेरा कितना समय व ऊर्जा उसे पचाने में नष्ट होती है?

४. टी.वी. के कार्यक्रम व न्यूज़ देखकर आज तक मेरा कितना लाभ हुआ है?

५. जितना लाभ हुआ है, उसके अनुसार मुझे इन बातों को कितना समय देना चाहिए?

६. गप्पे लड़ाकर आज तक मुझे क्या लाभ मिला है?

७. क्या यही समय व ऊर्जा बचाकर मैं व्यायाम कर सकता था?

२) मानसिक स्तर पर

१. नकारात्मक भावनाओं, जैसे डर, ईर्ष्या, अहंकार, क्रोध, ग्लानि से उभरे विचार

---

*यह केवल उदाहरण है। जिनका लक्ष्य क्रिकेटर बनना है या क्रिकेट की गतिविधियों से जुड़ा है, उनके लिए यह उदाहरण उपयुक्त नहीं है।

रखकर आज तक मुझे क्या लाभ मिला है?

२. नकारात्मक भावनाओं में बहकर आज तक मुझे क्या लाभ हुए हैं?

३. क्या मैं इसी समय व ऊर्जा का इस्तेमाल प्रार्थना करने में कर सकता था?

३) सामाजिक स्तर पर

१. पार्टियों में जाकर आज तक मुझे कितना लाभ हुआ है?

२. जितना लाभ हुआ है, क्या उतना ही समय मैंने दिया है या उससे अधिक दिया है? ईमानदारी से मनन करें।

३. क्या यही ऊर्जा व समय मैं अपने परिवार को दे सकता था?

४) आर्थिक स्तर पर

१. केवल दूसरों को दिखाने के लिए पैसे खर्च करके मुझे आज तक क्या लाभ हुआ है?

२. दूसरों से तुलना के चक्कर में मैंने आज तक कितना पैसा व्यर्थ गँवाया है?

३. क्या यही पैसा मैं सही जगह पर इस्तेमाल कर सकता था?

५) आध्यात्मिक स्तर पर

१. मन की आनाकानी के कारण मैंने कितने समय तक ध्यान (मेडिटेशन) नहीं किया है?

२. मन की बातें मानकर आज तक मेरा क्या लाभ हुआ है?

३. क्या मन की बातों में उलझकर समय व ऊर्जा देने के बजाय मैं इसी का इस्तेमाल ध्यान में बैठने व सत्य श्रवण के लिए कर सकता था?

इस तरह हर छोटी-छोटी बात पर मनन करके अपनी व्यर्थता का पता लगाएँ। फिर आप बड़ी-बड़ी व्यर्थताओं से भी मुक्त हो पाएँगे।

कई बार लोग अपने मन में समय के प्रति कुछ मान्यताएँ बना लेते हैं और उनमें उलझकर अपना समय व्यर्थ गँवाते हैं। ऐसी मान्यताएँ जितना जल्दी आपके प्रकाश में आ जाएँ, उतना जल्दी आप इनमें मुक्त होकर अपना समय गँवाने से बच पाएँगे। निम्नलिखित कुछ गलत मान्यताओं को पढ़ लें और जाँचें कि कहीं इनमें से कोई मान्यता

आपके अंदर तो नहीं है।

मान्यता १ : हम समय को नियंत्रित कर सकते हैं, बचाकर रख सकते हैं।

मान्यता २ : समय प्रबंधन का अर्थ है, कम से कम समय में अधिकतम काम कर पाने की कला।

मान्यता ३ : टेलिफोन पर उलझे रहना, अचानक आ टपकनेवाले लोग, मीटिंग्स और काम ये सभी समय को बरबाद करनेवाले प्रमुख कारण हैं।

मान्यता ४ : एक कार्य हाथ में होते हुए, दूसरा काम हाथ में नहीं लेना चाहिए। उसी काम को अंजाम तक पहुँचाने में लगे रहना चाहिए – यह कामों को करने का एक कारगर तरीका है।

मान्यता ५ : हमें ऑफिस और घर के लिए अलग-अलग कार्य योजना (प्लॉनर) बनानी चाहिए।

मान्यता ६ : केवल मैं ही किसी कार्य को तेज़ी से और अधिक अच्छे तरीके से कर सकता हूँ, कोई दूसरा नहीं कर पाएगा। दूसरों को कार्य देने से समय बरबाद होगा।

मान्यता ७ : मुझे सभी के कार्य करके उनकी उम्मीद पर खरा उतरना है और हर एक को खुश रखना है।

मान्यता ८ : हमें जो भी कार्य करने हैं, उनकी मात्र सूची बनाना ही समय प्रबंधन करना है।

मान्यता ९ : कितना भी समय प्रबंधन करें, कुछ कार्य अचानक सामने आ जाते हैं और सारी योजना धरी की धरी रह जाती है, इसलिए समय प्रबंधन का लाभ नहीं है?

मान्यता १० : कठोर परिश्रम करके मैं सारे कार्य पूर्ण कर लूँगा।

मान्यता ११ : मेरे पास समय प्रबंधन करने के लिए भी समय नहीं है, फिर मैं इस काम के लिए अपना समय क्यों बरबाद करूँ?

(इन मान्यताओं के बारे में विस्तार से जानने के लिए पुस्तक के अंत में पढ़ें, परिशिष्ट का पहला भाग, पृष्ठ संख्या १४९ पर।)

ऐसी मान्यताओं के चलते, कई कार्य इंसान के मन-मस्तिष्क में रह जाते हैं। मान्यताओं के विचारों में ही इंसान का बहुत सारा समय व्यर्थ चला जाता है। यह ऐसी व्यर्थता है जो जल्दी प्रकाश में नहीं आती।

इस तरह की व्यर्थताओं का पता चलना पहला कदम है, उससे बाहर आने का। कोई भी कार्य करने के बाद अपने आपसे उपर्युक्त सवाल पूछें। सवाल पूछते ही आप व्यर्थता से बाहर आकर अपने पास खाली समय पाएँगे। फिर आप इस समय का सदुपयोग कर समय संपन्न बन पाएँगे। अपूर्ण कार्य को पूर्ण कर पाएँगे। समय संपन्न बनकर आप स्वास्थ्य संपन्न बनने, आमदनी बढ़ने, रिश्तों को मज़बूत करने और आध्यात्मिक उन्नति के लिए भी समय दे पाएँगे।

◆ ◆ ◆

'अपनी भविष्य की चिंता को अपनी भविष्य की सोच और योजना में बदलें।'

- विन्सटन चर्चिल।

ONE

समय नियोजन टिप

'आज क्या बनाऊँ?' का समाधान

क्या आपका अधिकांश समय 'आज क्या खाना बनाऊँ?' यह सोचने में बरबाद होता है?

टिप : शोध में यह पाया गया है कि अधिकांश महिलाएँ प्रतिदिन प्रायः सायं साढ़े पाँच बजे अधिक तनाव ग्रस्त हो जाती हैं कारण है, उनके रात्रिकालीन भोजन का मेनू (आहार सूची) का निर्णय न कर पाना।

इस समस्या का सीधा साधा समाधान यह है कि वे महीने में एक बार केवल ४० मिनिट का समय इसी काम के लिए अलग से निकाल लें। जिसमें वे अपनी नोट बुक, कुक बुक या कंप्यूटर लेकर बैठ जाएँ और महीनेभर की आहार सूची या मेनू तैयार कर लें। इससे उनका रोज़-रोज़ का तनाव भी कम होगा और वे अपने अन्य कामों के लिए क्षमता और समय सुरक्षित कर सकेंगी।

खण्ड २
समय समृद्धि के नियम

TWO

चौथा घंटा

८०/२० नियम

ज़रूरी कामों पर ध्यान केंद्रित करने का तरीका

जो सप्ताहों के पहले दिनों में ही कर्म में जुट जाते हैं,
वे आत्मबल पाकर हमेशा के लिए बदल जाते हैं।
आत्मविश्वास से भर जाते हैं।

TWO

समय नियोजन के नियम

समय का अमीर बनने का पहला नियम है, '८०/२०'। हमारी ८०% ऊर्जा ऐसे कार्यों में लगनी चाहिए जो घर में, परिवार में, आपमें, समाज में परिवर्तन लाती है। मगर इंसान की ८०% ऊर्जा ऐसे कार्यों में लग जाती है, जहाँ दिन के अंत में उसे महसूस होता है कि केवल २०% काम हुए। जबकि ऐसे २०% कार्य हम कर सकते हैं, जिनका अच्छा परिणाम ८०% आता है।

जो २०% महत्वपूर्ण कार्य अस्सी प्रतिशत संतुष्टि प्रदान करते हैं, हमारी ऊर्जा वहीं लगनी चाहिए वरना लोग पूरा दिन काम करके भी अंत में कहते हैं कि 'मुझे संतुष्टि नहीं मिली।' वहीं कुछ लोग ऐसे भी होते हैं, जो २०% कार्य करके संतुष्टि महसूस करते हैं और कहते हैं कि 'आज का दिन सफल हुआ।'

अपने २०% कार्यों को समझने के लिए यह जानना ज़रूरी है कि 'मैं कौन से कामों पर अपनी ऊर्जा खर्च कर रहा हूँ?' आइए, इसे एक उदाहरण से समझें।

डेरन हॉर्डी - एक लेखक, प्रकाशक व सी.ई.ओ. और व्यापारियों के मार्गदर्शक हैं। कई लोगों की तरह, वे भी अत्याधिक व्यस्त रहा करते थे। उन्होंने पाया कि फोन पर बातचीत, ई-मेल, डेड-लाईन और कामों के बीच उन्हें कुछ और सोचने के लिए समय ही नहीं मिल पाता। उन्होंने देखा कि वे व्यस्त अवश्य हैं परंतु उनका समय उपयोगी नहीं है।

जल्द ही उन्होंने महसूस किया कि रोज़मर्रा की व्यस्तता से निजाद पाना आवश्यक है। अब उनके लिए आगे बढ़ने का निर्णय लेना आवश्यक हो गया था। उन्होंने सोचा कि अब कामों को कम किया जाना चाहिए। उन्होंने अपनी कार्य सूची में से उन कामों का चुनाव किया, जो महत्वपूर्ण थे। उन्हीं कामों को उन्होंने अपने हाथ में लिया। इस तरह वे अपनी व्यस्तता का इलाज ढूँढ़ पाए और अपने समय को अधिक उपयोगी बनाने में सफल रहे।

यहीं पर ८०/२० नियम काम में आता है। इस नियम के अनुसार आप ऐसे २०% काम करें, जिनका असर आपके ८०% कार्यों पर हो। हार्डी ने अपने २०% कामों पर ध्यान केंद्रित किया। इससे उनका जीवन अधिक संतुलित हो गया और वे समय संपन्न बन गए।

'८०/२० नियम' की सबसे खास बात यह है कि यह आपके ज़रूरी कामों पर ध्यान केंद्रित करवाकर, आपके समय की बचत करवाता है। यह आपको उन

२० प्रतिशत कार्यों पर ध्यान केंद्रित करना सिखाता है, जो आपके दिनभर के सभी कार्यों में से सबसे अधिक परिणामदायक होते हैं। इन २० प्रतिशत कार्यों से ही ८० प्रतिशत परिणाम मिलते हैं। इस नियम के मुताबिक, हर कार्य का २० प्रतिशत ऐसा हिस्सा होता है, जो अत्यावश्यक होता है। जबकि बाकी का ८० प्रतिशत हिस्सा कम महत्वपूर्ण होता है। इस नियम को कुछ उदाहरणों द्वारा समझते हैं।

१. एक गृहिणी अपनी रसोई में खाना पका रही है तो उसमें २० प्रतिशत मसालों में नमक आता है। अगर खाने में बाकी ८० प्रतिशत चीज़ें डाल दी जाएँ लेकिन नमक न पड़े तो खाना बेस्वाद बनेगा और उसे ज़्यादा पसंद नहीं किया जाएगा।

२. इसी तरह अगर दोस्तों और रिश्तेदारों की बात करें तो उनमें से सिर्फ २० फीसदी लोग ही आपके सच्चे दोस्त या करीबी रिश्तेदार होते हैं। जिनकी वजह से ८०% जीवन संतुष्टिभरा रहता है। बाकी लोगों से तो बस जान-पहचान होती है और वे आपके जीवन में ज़्यादा महत्त्व भी नहीं रखते। इनकी वजह से २०% फर्क पड़ता है।

३. आपके घर किसी की शादी का कार्ड आता है तो उसमें आपके लिए महत्वपूर्ण २० प्रतिशत हिस्सा कौन सा होता है? शादी का दिन और समय, अतिथियों के लिए भोजन कार्यक्रम का समय और स्थान। दूल्हा-दुल्हन या रिश्तेदारों के नाम, उनका व्यवसाय इन अतिरिक्त जानकारी में अतिथियों की उतनी रुचि नहीं होती इसलिए यह जानकारी ८० प्रतिशत हिस्से में आती है।

इसी तरह आपको भी गौर करना है कि आपके काम का सबसे महत्वपूर्ण २० फीसदी हिस्सा कौन सा है, जिससे आपको ८० प्रतिशत परिणाम मिलता है? यह काम का वह हिस्सा है, जिसके पूरा न होने से समस्याएँ खड़ी हो सकती हैं।

काम का सबसे महत्वपूर्ण हिस्सा है, उससे मिलनेवाला लाभ। अगर आपको अपने काम से कोई लाभ नहीं हो रहा है तो इसका अर्थ यह है कि आप कुछ भी हासिल नहीं कर रहे हैं। क्योंकि लाभ के बगैर आजीविका लक्ष्य पर काम करने का कोई अर्थ नहीं है। अगर लाभ है तो आप सही काम कर रहे हैं। मान लीजिए, आपकी कंपनी की कुल बिक्री तो बहुत ज़्यादा है लेकिन मिलनेवाला लाभ (आर्थिक, गुडविल, ग्राहक का भरोसा) बहुत ही कम है तो ऐसे कार्य को करने का कोई मतलब नहीं है।

आपके दिनभर की कार्य सूची में आप २० प्रतिशत कार्य पर पूरा ध्यान देंगे तो

आपको ८० प्रतिशत परिणाम मिलना तय है। जैसे कसरत करना आपके लिए ८० प्रतिशत कार्य में शामिल है या २० प्रतिशत में? अगर २० प्रतिशत में है तो आप कसरत ज़रूर करेंगे। साथ ही रोज़ सुबह या शाम टहलने भी जाएँगे। आप अच्छी तरह जानते हैं कि व्यायाम और योग्य खान-पान ही आपका वह २० प्रतिशत है, जिससे आपको ८० प्रतिशत परिणाम (स्वास्थ्य) आता है। इसलिए अपने डॉक्टर की इस सलाह का इंतज़ार न करें बल्कि व्यायाम शुरू करें। अपने २० प्रतिशत को पहचानना सीखें –

जब भी आपको लगे कि आपका समय बरबाद हो रहा है तो खुद को वे २० प्रतिशत चीज़ें याद दिलाएँ, जिन पर आपको ध्यान केंद्रित करने की ज़रूरत है। अपने समय का सबसे प्रभावशाली उपयोग करने का अर्थ है, सबसे अधिक परिणामदायक २० प्रतिशत कार्यों को पहचानना और उन पर अपना ध्यान केंद्रित करना।

नीचे कुछ संकेत दिए गए हैं, जिनके आधार पर आप यह आत्मविश्लेषण कर सकते हैं कि आप अपने समय का सही उपयोग कर रहे हैं या नहीं? अगर आपको निम्नलिखित बातें सच लगती हैं तो इसका अर्थ है कि आप सबसे कम परिणामदायक ८० प्रतिशत कार्यों में उलझे हुए हैं:

* क्या अन्य लोग आपसे जो कार्य कराना चाहते हैं, आप उन्हें पूरा करने में लगे रहते हैं, जबकि उन कार्यों में आपका अपना कोई निवेश नहीं है?

    हाँ / ना

* क्या आप निरंतर वे ही कार्य कर रहे हैं, जिन्हें तत्काल किया जाना ज़रूरी है लेकिन जो आपके लक्ष्य के साथ जुड़े हुए नहीं हैं?

    हाँ / ना

* क्या आप अपना समय ऐसे कार्यों में खर्च कर रहे हैं, जिनमें आप निपुण नहीं हैं?

    हाँ / ना

* क्या आपकी हर गतिविधि में तय किए गए समय से ज़्यादा समय खर्च होता है?

    हाँ / ना

TWO

* क्या आप अकसर समय कम होने के बारे में या बहुत सारे कार्य एक साथ आने के बारे में शिकायतें करते रहते हैं?

हाँ / ना

अगर आपको निम्नलिखित बातें सच लगती हैं तो इसका अर्थ है कि आप सबसे अधिक परिणामदायक २० प्रतिशत कार्यों को पूरा कर रहे हैं :

* क्या आप आम तौर पर उन गतिविधियों में व्यस्त रहते हैं, जिनसे आपके जीवन का उद्‌देश्य पूरा होता है?

हाँ / ना

* क्या आप वह कर रहे हैं, जो आप हमेशा से करना चाहते थे और जिसे करके आप अच्छा महसूस करते हैं?

हाँ / ना

* क्या आप उन कार्यों को पूरा कर रहे हैं, जो आपको पसंद तो नहीं हैं लेकिन आप जानते हैं कि बेहतर भविष्य के लिए उन्हें करना ज़रूरी है?

हाँ / ना

* जो कार्य करना आपको अच्छा नहीं लगता या जिन कार्यों में आप निपुण नहीं हैं, क्या उन्हें पूरा करने के लिए आपने कुछ कुशल लोग नियुक्त कर रखे हैं?

हाँ / ना

उपर्युक्त बातों से आप किस तरह के कार्य कर रहे हैं, ८० प्रतिशत या २० प्रतिशत यह जानकारी आपको मिल चुकी होगी। इस जानकारी के अनुसार आप २० प्रतिशत कार्य पर ध्यान दें।

आप अगर विश्व में परिवर्तन लाना चाहते हैं तो एक काम ऐसा है जो २०% है और ८०% परिणाम लाता है, वह काम है 'प्रार्थना' का। प्रार्थना करें उन २०%

TWO

लोगों के लिए यानी विश्व के लीडर्स के लिए, जिनमें परिवर्तन आ गया तो विश्व का भला हो सकता है।

इस तरह देखा जाए तो ८०-२० का यह नियम आपको हर क्षेत्र में काम आ सकता है।

◆ ◆ ◆

व्यस्त रहना काफी नहीं है। व्यस्त तो चींटियाँ भी रहती हैं। सवाल यह है कि हम किस लिए व्यस्त हैं?

- हेनरी डेविड थोरो

पाँचवाँ घंटा

इस समय नियम का इस्तेमाल कैसे करें
८०/२० का सही उपयोग

समय सारणी (शेड्यूल) बनाकर
स्वतः स्फूर्त (स्पॉनटेनियस) जीवन जीएँ।

८०/२० नियम क्या है? इसे हमने पिछले अध्याय में समझा। आइए, अब हम इसका उपयोग करना सीखते हैं।

शारीरिक स्तर पर उपयोग :

शारीरिक स्तर पर ऐसा कौन सा कार्य है, जो २०% कार्यों में शुमार होता है, जिसे २०% समय दिया जाए तो बाकी काम अपने आप होंगे?

सबसे महत्वपूर्ण कार्य जो हमें शारीरिक स्तर पर करना चाहिए, वह है, 'शरीर तंदुरुस्त रखना'। यदि इसके लिए आपने समय निकाला तो आपका शरीर आपके कामों में भरपूर सहयोग देगा।

शरीर को तंदुरुस्त रखने के लिए : रोज़ व्यायाम, प्राणायाम, सही खान-पान करना आवश्यक है। अपने समय का एक हिस्सा इस कार्य के लिए दें ताकि आपके ८०% कामों में रुकावट न आए।

मानसिक स्तर पर उपयोग :

शारीरिक सेहत के साथ-साथ मानसिक सेहत का भी महत्त्व है। वरना मानसिक अस्वस्थता का असर जल्द ही शरीर पर दिखाई देता है। इसलिए २०% में, स्वयं को मानसिक स्तर पर तनावरहित व आनंदित रखें।

मानसिक कार्यों में 'नियोजन' का कार्य भी सबसे महत्वपूर्ण है। कामों के नियोजन के लिए अपना २०% समय देंगे तो उसका असर आपके ८०% कार्यों पर होगा। समय और कार्य नियोजन की कई तकनीकें आप आगे इस पुस्तक में भी पढ़ पाएँगे।

सामाजिक स्तर पर उपयोग :

सामाजिक स्तर पर आते हैं, हमारे रिश्ते। हम गौर करेंगे तो पाएँगे कि २०% ऐसे रिश्ते हैं, जिन्हें यदि सँभाला जाए तो बाकी ८०% रिश्ते स्वयं संभलते हैं। स्वयं से पूछें, 'मेरे ऐसे कौन से रिश्ते हैं, जो बहुत ही महत्वपूर्ण हैं? जिन्हें मैं संभालूँगा तो बाकी रिश्ते स्वयं संभलेंगे?' जवाब मिलने पर, उन २०% रिश्तों पर अधिक ध्यान दें। इससे आपके काफी समय और ऊर्जा की बचत होगी।

आर्थिक स्तर पर उपयोग :

आर्थिक स्तर पर यह देखें कि ऐसे कौन से कार्य हैं, जिन्हें करने या ध्यान देने से

आपकी आर्थिक उन्नति होती है? आपकी आर्थिक उन्नति न केवल कमाने से होती है बल्कि बचत से भी होती है। अपने जीवन के उन क्षेत्रों पर गौर करें, जहाँ-जहाँ आप बचत कर सकते हैं। आपका बचत का २०% हिस्सा, आपकी आजीविका को आसान बना सकता है।

आध्यात्मिक स्तर पर उपयोग :

आध्यात्मिक विकास के लिए आवश्यक है गुरु की वाणी का श्रवण। यदि हफ्ते में एक घंटा आप सत्य श्रवण के लिए देते हैं तो गुरु से प्राप्त ज्ञान आपकी चेतना बढ़ाता है।

यह श्रवण के लिए दिया गया एक घंटा आपको आत्मसाक्षात्कार तक लेकर जा सकता है।

◆ ◆ ◆

समय काटने का मतलब दरअसल यह है
कि समय हमें काट रहा है।

- सर ओरबर्ट सिटवेल

समय नियोजन टिप

पठन हुआ आसान

क्या आप बहुत समय से, एक पुस्तक पढ़ना चाहते हैं, परंतु उसके लिए समय नहीं निकाल पा रहें?

टिप : रोज़ ऑफिस जाते वक्त अपने पॉकेट में उस पुस्तक के ४ पन्ने फाड़कर रख दें। जब भी और जहाँ भी समय मिले, उन्हें पढ़ लें। रात को आकर वे पन्ने एक दराज़ में संभालकर रख दें।

दूसरे दिन अगले ४ पन्ने निकालकर लेकर जाएँ। इस तरह रोज़ कुछ पन्ने पढ़ने से, एक समय के बाद आप अपना मनचाहा पुस्तक पढ़ चुके होंगे।

जिस दिन आपका पूरा पुस्तक पढ़कर हो जाए उस दिन, संभालकर रखे हुए पन्नों को फिर से बाईंडिंग करवा लें।

इस टिप के ज़रिए आप कई मनचाही पुस्तकों को, अपने समय अनुसार, पढ़ पाएँगे। पुस्तक न पढ़कर, सजाकर रखने से अच्छा है कि उसे टुकड़ों में पढ़कर, अमल में लाया जाए।

नोटः यदि इस टिप का उपयोग किसी कारणवश आप नहीं कर पाएँगे तो इस पर सोचकर समय न गँवाएँ। आगे आपको कई नए टिप्स मिलेंगे।

छठवाँ घंटा

TWO

प्राथमिकता का नियम

कार्यों का सही चयन

समय पर कम से कम १०,००० कोटेशन्स हैं।
आपको दिशा देने के लिए चौबीस काफी हैं।

TWO

कई बार आप महसूस करते होंगे कि कुछ समय मिलते ही आप मोबाईल में गेम खेलने... इंटरनेट सर्फिंग करने... फोन पर बातें करने में लग जाते हैं। ऐसा क्यों होता है? क्योंकि आपके पास अपने काम लिखित में नहीं हैं।

प्रतिदिन के कार्यों को एक जगह लिख लें और उनकी सूची बनाकर कंप्यूटर स्क्रीन के बगल में चिपका दें, इससे आपके कम से कम ८० प्रतिशत कार्य पूर्ण होने की संभावना बढ़ जाती है। अगर आप यह सूची कंप्यूटर या मोबाईल फोन में बनाएँ तो आप गैरज़रूरी वेब साइट या मोबाइल गेम्स में नहीं उलझेंगे। क्योंकि सूची आपको कार्य करने की याद दिलाती रहेगी। इस सूची को हमेशा ऐसी जगह पर रखें, जहाँ इस पर आपकी नज़र पड़ती रहे और आपको सूची ढूँढ़ने में समय गँवाना न पड़े। इसका लाभ यह होगा कि जैसे-जैसे सारे निर्धारित कार्य एक-एक करके पूरे होते जाएँगे, वैसे-वैसे आप अच्छा महसूस करते जाएँगे।

सभी कार्यों को प्राथमिकता के आधार पर बाँट लें:

जब आप कार्य सूची बनाते हैं तो दिनभर के सारे कार्यों को उसमें दर्ज करते हैं। उनमें से कई कार्य महत्वपूर्ण होते हैं, कई कार्य अर्जंट यानी अविलंबित होते हैं, कई कार्य आपके लिए रुचिपूर्ण या कई कार्य निरस होते हैं। मनोवैज्ञानिक तरीके से सोचें तो इंसान वह कार्य पहले करता है जो रुचिपूर्ण होता है और बाकी कार्यों को वह टालता रहता है। इस तरह दिन के अंत में महत्वपूर्ण कार्य रह जाते हैं और उन्हें फिर से दूसरे दिन की सूची में डाला जाता है।

कार्य सूची बनाते समय अगर हम कार्यों की प्राथमिकता तय कर लें तो दिन के अंत में हमारे महत्वपूर्ण कार्य हो चुके होंगे और हम तनावमुक्त रह पाएँगे।

प्राथमिकता तय करने के लिए नीचे दी गई तकनीक का इस्तेमाल करें।

इस तकनीक को 'ए.बी.सी.डी. प्राथमिकता' के नाम से जाना जाता है। इसके अनुसार आप अपने कार्यों को चार भागों में विभाजित करते हैं। कार्य की आवश्यकता और माँग के अनुसार उसे प्राथमिकता दें। इसकी कार्यप्रणाली इस प्रकार है:

पहली प्राथमिकता – ए प्रायोरिटी : इंपॉर्टेंट और अर्जंट

पहली प्राथमिकता के काम महत्वपूर्ण और अविलंबित होते हैं। इन कामों को टाला नहीं जा सकता। इन्हें समय रहते करने से ही लाभ होता है। उदा. जैसे कल परीक्षा

है तो विद्यार्थी के लिए अपनी पढ़ाई उसी समय पूर्ण करना अनिवार्य है। उसके लिए यह पहली प्राथमिकता का कार्य है।

महत्वपूर्ण कार्य यानी वह कार्य जो आपके अलावा और कोई पूर्ण नहीं कर पाएगा। उदा. जैसे विद्यार्थी यह नहीं कह सकता कि उसकी जगह पर कोई और अभ्यास कर लेगा, वह उसे स्वयं ही करना पड़ेगा।

इस तरह के कार्य पर अधिक समय देने से तनाव बढ़ सकता है। क्योंकि ये ज़्यादातर वे कार्य होते हैं जो आपत्कालीन स्थिति में उभरकर आते हैं और स्थिति को ज़्यादा गंभीर बना देते हैं। इस तरह के कार्यों से बाहर आने का एक मात्र तरीका है कि आप दूसरी प्राथमिकता पर ज़्यादा से ज़्यादा समय बिताएँ, इससे पहले कि वे आपत्कालीन स्थिति में पहुँचें।

पहली प्राथमिकता के कार्य करना आपकी ज़रूरत होती है, इसमें आपका प्रमुख कार्य यह है कि आप समय रहते कार्य का नियोजन करें।

दूसरी प्राथमिकता – बी प्रायोरिटी : इंपॉर्टेंट पर अर्जंट नहीं

इस तरह के कार्य महत्वपूर्ण तो होते हैं मगर अविलंबित (अर्जंट) नहीं होते। ये वे कार्य हैं, जिन्हें आपको ही करना अनिवार्य होता है मगर ये कार्य कुछ समय के लिए टाले जा सकते हैं। इन कार्यों के लिए समय सीमा तय करना आवश्यक है। ताकि आप रोज़ थोड़ा-थोड़ा समय इन कार्यों के लिए दे पाएँ। इस तरह के कार्य कभी न कभी प्रथम प्राथमिकता में आकर तनाव का निर्माण करेंगे। उदा. जैसे दो महीनों के बाद आयोजित किए हुए कार्यक्रम का नियोजन करना आज से ही थोड़ा-थोड़ा शुरू करना। ऐसा न करने पर यही कार्य बहुत बड़ा रूप ले लेगा, जिससे तनाव आ सकता हैं। अपनी कार्य सूची में से पहली प्राथमिकता के कार्य समाप्त होने पर दूसरी प्राथमिकता के कार्यों पर ध्यान दें।

दूसरी प्राथमिकता के कार्य करना आपके गुणों का तथा नेतृत्व का हिस्सा है। इसमें आपका प्रमुख कार्य यह है कि आप इस तरह के कार्यों को हमेशा अपने ध्यान क्षेत्र में रखें।

तीसरी प्राथमिकता – सी प्रायोरिटी : इंपॉर्टेंट नहीं पर अर्जंट

'सबसे पहले' अर्जंट चीज़ें कामों का गला दबा देती हैं। इस प्रकार के कार्य अविलंबित हैं मगर महत्वपूर्ण नहीं हैं। आप देखेंगे कि कार्य करते वक्त आपका कई

सारा समय तीसरी प्राथमिकता के कार्य करने में चला जाता है। इस तरह के कार्य यह भ्रम निर्माण करते हैं कि ये अर्जंट हैं तो इसका अर्थ यह महत्वपूर्ण भी होगा। इसलिए हम वर्तमान के कार्यों को निपटाने में लगे रहते हैं और लक्ष्य की तरफ ले जानेवाले कार्य करने के लिए आपके पास समय ही नहीं बच पाता। जबकि आपके समय का बड़ा हिस्सा 'ए' और 'बी' प्रायोरिटी के कार्यों में जाना चाहिए।

आपको यह जानकर आश्चर्य होगा कि तीसरी प्राथमिकता के काम, जिन्हें करने में आप घंटों लगा देते हैं, वे किसी और को भी सौंपे जा सकते हैं। उदा. जैसे बिल भरने की आज आखिरी तारीख है मगर यह ज़रूरी नहीं कि वह आप स्वयं ही भरें। यह कार्य आप किसी और को भी सौंप सकते हैं। आदत के मुताबिक हम खुद ही बिल भरने में समय गँवाते हैं। प्राथमिकता तय करते समय इस तरह के कामों को कौन पूरा कर सकता है? इस पर विचार कर, उन्हें ये कार्य सौंप दें।

तीसरी प्राथमिकता के कार्य करना भ्रम या धोखा है। इसमें आपका प्रमुख कार्य यह है कि इन्हें करते वक्त आप समय को लेकर सावधानी बरतें या इन्हें पूर्ण रूप से करने से टालते हुए किसी और को सौंप दें।

चौथी प्राथमिकता – डी प्रायोरिटी : न इंपॉर्टेंट और न ही अर्जंट

इस प्रकार के कार्य न अविलंबित, न ही महत्वपूर्ण होते हैं। गैरज़रूरी कार्य पर ज़्यादा समय देने से हम गैरज़िम्मेदार और लापरवाह बनने लगते हैं। इस प्रकार के कार्य करने से हमारे जीवन में कोई भी परिवर्तन नहीं होता बल्कि समय ही नष्ट होता है। क्योंकि ये कार्य लक्ष्य की तरफ ले जानेवाले नहीं होते। जितना हो सके ऐसे कार्यों से दूर रहें। उदा. दूर के संबंधियों की शादी में शामिल होना, मोबाईल पर गेम खेलना, टी.वी. पर अनावश्यक कार्यक्रम देखना, इंटरनेट पर अनचाही सर्फिंग करना, समाचार पत्र को विस्तार से पढ़ना इत्यादि।

चौथी प्राथमिकता के कार्य करना समय नष्ट करने के बराबर है। इसलिए इन्हें पूर्ण रूप से बंद करना आवश्यक है।

चारों प्राथमिकताओं के बारे में जानने के बाद, सबसे पहले करने योग्य कार्य यह है कि हम पहली प्राथमिकता के कार्यों के लिए एक कालखण्ड तय करें। जैसे सुबह ६ से ७ बजे तक का एक कालखण्ड हो सकता है, जिसमें आप पहली प्राथमिकता के कार्य कर सकते हैं। इस कालखण्ड के दौरान अपने सभी कार्य बाजू में रखकर, अपने मोबाईल

को बंद करके, कार्य करने में जुट जाएँ। ऐसा करने से आपकी पहली प्राथमिकता के कार्य जल्दी और आसानी से हो जाएँगे।

पहली प्राथमिकता के कार्य पूर्ण होने के बाद, आप आसानी और खुशी-खुशी से बाकी कार्यों को समय दे पाएँगे।

◆ ◆ ◆

जो आज किया जा सकता है, उसे कल के लिए कभी न छोड़ें।

- बैंजमिन फरैंक्लिन

महत्वपूर्ण और आवश्यक कोने

पहली प्राथमिकता – ए

महत्वपूर्ण और अविलंबित कार्य

ऐसे समय सीमावाले कार्य, जिन्हें आपको ही समय पर पूर्ण करना आवश्यक है।

दूसरी प्राथमिकता – बी

महत्वपूर्ण कार्य मगर अविलंबित नहीं

इस तरह के कार्य कभी भी पहली प्राथमिकता में आ सकते हैं। उदा. कार्य योजना बनाना, किसी कार्य को नए ढंग से सोचकर उसे करना, मीटिंग करना।

तीसरी प्राथमिकता – सी

अविलंबित कार्य मगर महत्व-पूर्ण नहीं

उदा. बिल भरना, ई-मेल करना, मैसेज देना। इस तरह के कार्यों को किसी और को सौंपा जा सकता है।

चौथी प्राथमिकता – डी

न महत्वपूर्ण न अविलंबित कार्य

इस तरह के कार्य लक्ष्य की तरफ ले जानेवाले नहीं होते। उदा. मनोरंजन करना, गपशप करना।

TWO

सातवाँ घंटा

समय सीमा का नियम

कम समय में काम करने का तरीका

समय की सजगता रखें ताकि आनंद पास हो।
कर्म में जुट जाएँ ताकि समय आबाद हो।

TWO

पार्किन्सन सिद्धांत समय नियोजन के महत्वपूर्ण नियमों में से एक है। इस सिद्धांत को अपनाकर, आप अपने जीवन में संतुलन बनाए रख सकते हैं। यह सिद्धांत पार्किन्सन द्वारा १९५५ में बताया गया था। पार्किन्सन सिद्धांत कहता है कि **'काम उतना फैल जाता है, जितना समय उसके लिए निर्धारित किया जाता है।'** इसका अर्थ यह है कि हमारे पास जितना समय है, उसके अनुरूप हमारा काम फैलता या सिकुड़ता है। उदा. आपको एक प्रोजेक्ट पर काम करना है और आपको दो महीने दिए गए हैं तो आप देखेंगे, वह प्रोजेक्ट दो महीनों में पूर्ण होगा। वही प्रोजेक्ट दूसरे इंसान को यदि एक महीने में पूर्ण करने के लिए कहा जाए तो वह उसे एक महीने में भी पूर्ण कर लेगा। इस तरह आप देखेंगे कि समय के अनुसार काम फैल गया। यही है काम और समय का रिश्ता, जिसे समझना ज़रूरी है।

इस बात को एक दिवसीय क्रिकेट मैच के उदाहरण से समझें। जब एक टीम पहली टीम द्वारा निर्धारित लक्ष्य का पीछा करती है तो इस बात से फर्क नहीं पड़ता कि उसके लिए पचास ओवर में जीत के लिए २२५ रन का लक्ष्य है या २७५ रन का। लक्ष्य चाहे जो भी हो, उसे अंतिम ५-६ ओवरों में ही हासिल किया जाता है। इसी तरह जो इंसान बड़ा लक्ष्य बनाता है, वह अपने सीमित समय का सर्वश्रेष्ठ उपयोग करने में सफल हो जाता है। क्योंकि समय का पूरा सदुपयोग होता है। जबकि छोटे लक्ष्य बनानेवाले अपने समय का सीमित उपयोग ही कर पाते हैं। क्योंकि समय बरबाद ज़्यादा होता है।

आपने देखा होगा कि घर में शादियों के दौरान हम कई सारे काम कम समय में कर लेते हैं क्योंकि हमारे पास शादी तक का सीमित समय होता है। हमें सारे कार्य शादी की तारीख को ध्यान में रखते हुए करने होते हैं। मगर ये ही कार्य यदि बिना समय सीमा के किए जाएँ तो फैल जाते हैं यानी इन्हीं कार्यों को करने में बहुत समय लग जाता है।

हम कम समय में ज़्यादा कार्य इसलिए कर पाते हैं क्योंकि हमारा लक्ष्य स्पष्ट होता है। हमें पता होता है कि किस अवधि तक कार्य को पूर्ण करना है। पार्किन्सन के नियम के अनुसार अधिक काम को कम समय में पूर्ण किया जा सकता है और वही काम ज़्यादा समय में भी किया जा सकता है। यह इस बात पर निर्भर करता है कि आप अपने कार्य को पूर्ण करने के लिए कितना समय देते हैं। इसलिए कई बार कहा जाता है कि अपना कार्य किसी व्यस्त इंसान को दें ताकि वह कम समय में आपका

कार्य पूरा कर पाए। किसी नाकाबिल इंसान को काम देंगे तो वह वही कार्य करने में काफी दिन लगाएगा।

पार्किन्सन सिद्धांत पर कार्य करने के लिए हमें अपने अंदर **समय सीमा पर कार्य करने की आदत** का निर्माण करना होगा। समय सीमा तय करना यानी अपने कार्य को समाप्त करने के लिए एक समय निश्चित करना। अकसर जब हम कोई कार्य हाथ में लेते हैं तो उसे पूर्ण करने की सीमा हमें पता नहीं होती। हम अपनी मनस्थिती, समय और वातावरण अनुसार उसे करते रहते हैं। जिस वजह से वह कार्य एक हफ्ते की जगह एक महीने तक भी चलता रहता है। मगर दोनों ही बातों में हम अपने आपको यह सोचने का प्रशिक्षण दें कि 'हमें फलाँ कार्य अमुक दिन और अमुक समय पर पूर्ण करने हैं।' जब हम इस विचार के साथ कार्य करने की ठानते हैं, तब हम उसे समय सीमा दे पाते हैं। यह समय सीमा देना आपको कार्य जल्दी पूर्ण करने में मदद कर सकता है।

उदा : कई कंपनियाँ अपने विज्ञापनों में समय सीमा देकर ग्राहकों को अपने उत्पादन (प्रोडक्ट्स) खरीदने के लिए आकर्षित करती हैं। जब ग्राहकों को बताया जाता है कि अमुक तारीख तक फलाँ चीज़ खरीदने से ये-ये लाभ मिलेंगे तब ग्राहक अपने फायदे को देखते हुए उस तारीख तक निर्णय लेने के लिए मज़बूर हो जाता है। अगर समय सीमा न दी जाए तो इंसान अपने समय अनुसार फैसला करता है। इस वजह से कंपनियाँ अपने प्रोडक्ट बेचने के लिए समय सीमा जैसी युक्तियाँ आजमाती हैं।

कुछ लोग मानते हैं कि समय सीमा तय करने से कार्य की गुणवत्ता पर बुरा असर पड़ता है। उनके अनुसार कम समय में कार्य को पूर्ण करने से कार्य ठीक से नहीं हो पाता। ऐसे माननेवाले लोग वे होते हैं, जो आखिरी पल पर अपना कार्य करना शुरू करते हैं।

दूसरी ओर समय सीमा के आधार पर पहले से ही योजना बनाकर, उस पर कार्य शुरू करने से काम की गुणवत्ता में कोई कमी नहीं आती। मान लें, कोई बीमा एजेंट एक महीने में पचास पॉलिसीज करवाने की योजना बनाता है। फिर पच्चीस दिन वह यह सोचकर बरबाद कर देता है कि 'अभी तो बहुत समय है', उसके बाद उसे होश आता है तो पाँच दिन में पचास पॉलिसीज करवाने में मुश्किल आएगी। दूसरी ओर यदि वह पहले दिन से ही काम में जुट जाए तो उसे हर दिन केवल १-२ ही पॉलिसीज

करने होंगे जो तुलनात्मक रूप से आसान है और उसकी गुणवत्ता पर भी कोई असर नहीं पड़ता।

हर कार्य के साथ हमें निर्णय लेने होंगे कि 'कौन सी तारीख पर यह कार्य समाप्त होना चाहिए?' फिर उस कार्य के छोटे-छोटे हिस्से बना लेने चाहिए। जैसे कोई विद्यार्थी निर्णय लेगा कि उसका यह विषय फलाँ तारीख तक पढ़कर पूरा होना चाहिए। कोई गृहिणी घर का कार्य कर रही है तो वह सोचेगी कि 'इस-इस समय तक खाना बन जाना चाहिए... यहाँ की सफाई होनी चाहिए', कोई सोचता है कि 'मुझे फलाँ पुस्तक पढ़नी है' तो वह छोटे-छोटे हिस्से तय कर सकता है कि 'मैं रोज़ इस पुस्तक के तीन पन्ने पढूँगा' वगैरह। इस तरह अपने कार्य को छोटे-छोटे हिस्सों में बाँटकर एक समय सीमा दें।

जब एन्ड-लाईन शब्द का इस्तेमाल होता है तो लोगों को उस समय तक कार्य करने का तनाव महसूस होता है। उन्हें वे कार्य बोझ लगने लगते हैं। फिर जैसे ही तारीख नज़दीक आती है वह एन्ड-लाईन उन्हें तकलीफ देने लगती है। इस वजह से एन्ड-लाईन शब्द के बजाय अगर हम लाइफ-लाईन या अभिव्यक्ति तारीख कहें तो वही कार्य करने में हमें आनंद आ सकता है। अभिव्यक्ति का अर्थ है, खुशी का इज़हार करना।

खुशी हम तब व्यक्त करते हैं, जब हमारे कार्य सफलतापूर्वक पूर्ण होते हैं। अभिव्यक्ति तारीख आपको उसी खुशी की याद दिलाएगी। जिस वजह से कार्य करने में आप उत्साहित महसूस करेंगे। अभिव्यक्ति तारीख पर कार्य समाप्त करने में कई दिक्कतें आ सकती हैं, जैसे अचानक कोई नया कार्य आ जाना, लैपटॉप का बिगड़ जाना, कोई मेहमान का आ जाना इत्यादि। इन कार्यों को सँभालते हुए भी आप रचनात्मक दृष्टि से सोचकर नए तरीके अपनाकर, उस कार्य को समय पर पूरा करेंगे। दोनों कार्य पूर्ण होने पर आपके अंदर आत्मविश्वास बढ़ेगा और आप भविष्य में कई कार्य एक साथ करने की कला सीख जाएँगे।

शुरुआत में छोटे-छोटे कार्यों को अभिव्यक्ति तारीख देकर, उन्हें समय पर पूर्ण करने का अभ्यास करें। इस अभ्यास में अपनी प्रेरणा बनाए रखने के लिए आप स्वयं के लिए इनाम भी तय कर सकते हैं। जैसे यदि यह कार्य मैंने इस-इस दिन तक पूर्ण कर लिया तो मैं दो दिनों के लिए घूमने जाऊँगा... या अपने पसंदीदा कपड़े खरीदूँगा... या फिल्म देखूँगा... या शतरंज खेलूँगा... एक दिन आराम करूँगा...

मनपसंद उपन्यास पढ़ूँगा... नृत्य करूँगा... प्यानो बजाऊँगा... इत्यादि।

हो सकता है कुछ बार समय पर कार्य पूर्ण न हों और असफलता का सामना करना पड़े। इससे घबराएँ नहीं बल्कि कार्य पूर्ण न होने के कारणों से सीख प्राप्त करें। धीरे-धीरे आपके अंदर समय पर कार्य पूर्ण करने का गुण विकसित होता जाएगा। यह गुण भी आपको समय संपन्न बनाएगा।

◆ ◆ ◆

जो लोग अपने समय का सबसे बुरा उपयोग करते हैं,
वही सबसे पहले इसकी कमी का रोना रोते हैं।

- जीन डे ला ब्रूयर

TWO

समय नियोजन टिप

कपड़ों का चयन हुआ आसान

'आज मैं क्या पहनूँ?' क्या यह समस्या आपका रोज़ का काफी समय ले लेती है?

टिप : खासकर महिलाओं को इस समस्या का सामना रोज़ करना पड़ता है। जो पुरुष इस समस्या से गुज़रते हैं, वे भी निम्नलिखित तकनीक का इस्तेमाल कर सकते हैं।

इस समस्या में समय बचाने के लिए आप रोज़ का एक रंग निर्धारित कर सकते हैं, जैसे सोमवार का लाल, मंगलवार को नीला, बुधवार का पीला... इस तरह आप दिन के अनुसार अपनी अलमारी बनाकर रखें। अलमारी में एक रंग के कपड़े एक साथ रख दें। इससे आप दिन के अनुसार निर्धारित रंग के कपड़ों में से ही देखेंगे कि आज आपको क्या पहनना है। ऐसा करने से रोज़ आपका समय बचेगा।

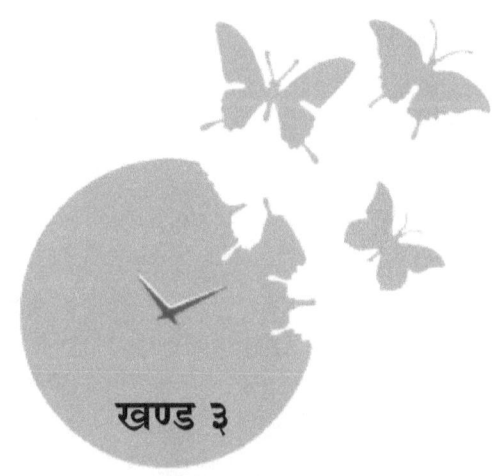

खण्ड ३

समय और कार्य नियोजन

THREE

THREE

आठवाँ घंटा

THREE

समय बचत के उपाय

कामों की पहल करने का तरीका

समय का सम्मान करें।

कर्म करके उसका विश्वास जीतें।

56 समय नियोजन के नियम

अकसर हम कामों की शुरुआत करने में ही इतना समय लगा देते हैं कि उसे करने का समय हाथ से निकल जाता है। आइए, कामों की पहल करने के तरीकों को जानकर, अपने कामों की शुरुआत करें।

१. निर्धारित समय से पहले काम शुरू करें

THREE

हमारे दिन की शुरुआत ही टाल-मटोल से होती है। ज़्यादातर हम आलार्म बजने के बाद भी उठने में टाल-मटोल करते हैं। जब तक तीसरी-चौथी बार अलार्म नहीं बजता हम नहीं उठते। जिसका असर फिर दिनभर के कार्य पर होता है। अगर आप पहले अलार्म पर ही उठने की आदत डालें तो आपके करीबन आधे घंटे की बचत होगी। इसी तरह हम कोई कार्य की शुरुआत करने से पहले उसे टालने का प्रयास करते हैं, जिसमें हमारा समय बरबाद होता है। हालाँकि काम बड़ा आसान दिखाई देता है और आखिरकार किसी न किसी तरह हम उसे पूरा कर लेते हैं। मगर इस तरह काम करने से हमारे समय और कार्य की गुणवत्ता पर असर होता है।

आगे से हर काम को उसके निर्धारित समय से थोड़ा पहले शुरू करने की आदत डालें। वास्तव में काम को थोड़ा पहले शुरू करने से आप बेहतर महसूस करेंगे और बेवजह तनाव से भी मुक्त रहेंगे। जैसे अपने कार्यालय में समय से थोड़ा पहले पहुँचें। हम ारी शरीर रचना ऐसी है कि सुबह ८ से ९ के बीच में हम अधिक लयबद्ध या सामंजस्यपूर्ण होते हैं। आप कार्यालय में केवल एक घंटे पहले पहुँचे तो आप सायं ६ बजे के बाद रुककर किए जानेवाले दो घंटे के काम के बराबर काम निपटा पाएँगे।

२. अलग समय पर कार्य करें

कुछ महत्वपूर्ण कार्यों के लिए एक ऐसा समय का चुनाव करें, जब कोई आपके काम में विघ्न न डाल पाए। इसे कहा गया है 'अलग समय पर कार्य करना'। मान लें, आपके पास ऐसा कार्य है, जिसे आप शांति और एकाग्रता से करना चाहते हैं, ऐसे में उस कार्य को देर रात या सुबह बहुत जल्दी उठकर पूरा करें। यह ऐसा समय होता है, जब लोग सोए होते हैं और आपके काम में बाधा आने की संभावना बहुत कम होती है। यह ऐसा समय होता है, जब बाहर जाकर चाय पीने या टी.वी. पर कार्यक्रम देखने की कोई सुविधा भी नहीं होती। इस वजह से आपके अंदर ऐसी कोई इच्छा नहीं जगती। ऐसे समय में १-२ घंटे में भी कई सारे महत्वपूर्ण काम निपटाए जा सकते हैं।

अलग समय आपको कहाँ और कब मिल सकता है? इस पर मनन करें और सजग रहें। जैसे कोई छुट्टी के दिन एकाध घंटा दे सकता है, कोई ऑफिस में शाम को सभी के जाने के बाद रुककर कार्य कर सकता है इत्यादि। यह समय कैसे निकाला जा

सकता है, यह एक *साधक के जीवन की एक घटना से समझते हैं।

सत्य प्राप्ति के लिए वचनबद्ध, एक *साधक को ध्यान करने के लिए अलग से समय नहीं मिल पा रहा था। उन्होंने मनन करके उस समय को ढूँढ़ निकाला। वे सुबह चार बजे उठकर ध्यान में बैठते थे और फिर सो जाते थे। फिर वे अपने सामान्य समय पर उठते थे। उन साधक के शरीर में पहले से ही आदत थी कि जो ठान लिया है, उसे निरंतरता के साथ करना ही है। जब आप कोई बात ठान लेते हैं कि 'मुझे यह चीज़ मेरे जीवन में लानी ही है' तो कई दिक्कतों के बावजूद भी आपको वह काम पूरा करने के क्षण और नए रास्ते मिल जाते हैं। कहीं आप ही नहीं चाहते हैं तो आपको बहाना मिलता है।

बोनस में ध्यान के कई फायदे भी साधक को मिले, जैसे ध्यान में ऐसी अवस्था आ गई जहाँ पर उनका ध्यान जारी रहा। उस वक्त बिना किसी विघ्न के, कई घंटों तक ध्यान जारी रह पाया। क्योंकि वह ऐसा समय (सुबह का) था, जहाँ कहीं आना-जाना नहीं होता या कोई रोकनेवाला नहीं होता।

इस तरह यदि आप भी ठान लेंगे तो आपको समय खुद-ब-खुद दिखाई देगा।

३. समान कार्यों और चीज़ों को एक ही क्रम में रखें

हर कार्य को पूरा करने के लिए अलग किस्म की सोच और प्रवाह की ज़रूरत होती है। अगर हम समय नियोजन करते वक्त अपने एकसमान कार्यों को एक ही क्रम में रखेंगे तो कार्य करने के प्रवाह में बाधा नहीं आएगी। मान लीजिए, आपको दिन में दो प्रस्तुतिकरण (प्रेज़ेंटेशन) की तैयारी करनी है, तीन लेख लिखने हैं, चार ई-मेल्स भेजने हैं, कुछ लोगों को जानकारी देनी है इत्यादि। ऐसे में कामों के साथ समय नियोजन करते वक्त यह बेहतर होगा कि आप इन सभी कार्यों को अपने मन मुताबिक क्रम देने के बजाय, समूहों में बाँट लें। फिर एक समूह के कार्यों को एक ही समय पर पूरा करने का प्रयास करें। इससे आपकी निरंतरता बनी रहती है और आप आसानी से कार्य पर ध्यान केंद्रित कर पाते हैं। इसके साथ-साथ अगर आपको कोई खरीददारी करनी हो तो आप उसे अपने ऑफिस से आते-जाते, बच्चों को स्कूल से लाते वक्त, इन समयों पर करें ताकि आपको दोबारा बाज़ार जाने के लिए घर से न निकलना पड़े।

उसी तरह चीज़ें रखते वक्त भी एक जैसी चीज़ों को एक साथ, एक जगह पर रखें। उदाहरण के तौर पर, आपने देखा होगा कि शॉपिंग मॉल में सारी एक जैसी वस्तुएँ एक विभाग में रखी जाती हैं। आपको कोई विशेष चीज़ लेनी होती है तो आप बिना समय

---

*साधक- साधना काल के दौरान सरश्री का मनोशरीर यंत्र।

नष्ट किए सीधे उस भाग की तरफ चले जाते हैं। इसी तरह हमें अपने घर और ऑफिस में भी एक तरह की चीज़ों को एक जगह पर रखना चाहिए, जैसे सभी स्टेशनरी का सामान एक जगह पर रखें, सभी ऑफिस के कागज़ात एक साथ, एक जगह पर रखें इत्यादि। इस तरीके से आपको चीज़ें आसानी से मिल जाएँगी और आपका समय भी बच जाएगा।

४. चीज़ों को जोड़ी में रखें :

आपने कई बार देखा होगा कि आपको घर में कुछ कार्य करने होते हैं तो वे आपको ऑफिस में याद आते हैं और कुछ ऑफिस में करने होते हैं तो घर पर याद आते हैं। उदाहरण के तौर पर आप नाखून काटना चाहते हैं तो वह आपको घर पर याद नहीं आता। ऑफिस में जाकर आपको याद आता है कि 'अरे! मुझे नाखून काटने थे' पर उस वक्त आपके पास नेलकटर उपलब्ध नहीं होता। इस उदाहरण के साथ आपको कई ऐसी चीज़ें याद आएँगी।

ऐसी ही चीज़ों की एक लिस्ट बना लें और उन्हें जोड़ी में खरीद लें, एक घर पर रखें और एक आपके कार्यस्थल पर रखें ताकि जहाँ भी आपको ज़रूरत महसूस हो, वह चीज़ आपके पास उपलब्ध हो। इससे आपका समय बचेगा। जिन चीज़ों को आप जोड़ी में खरीद सकते हैं, वे इस प्रकार हैं...

* अलग-अलग रंगों की पेन
* डायरी
* नेलकटर
* चश्मा
* डिक्शनरी

* लिफाफे
* चार्जर
* स्टेशनरी
* पढ़ने योग्य पुस्तकें
* शू पॉलिश

मनन करके आप इस सूची में, अपने अनुसार तबदीलियाँ कर सकते हैं। किसी को यह लग सकता है कि ऐसा करने से पैसे अधिक खर्च होंगे परंतु जो समय का मूल्य समझ चुके हैं और अपने समय को योग्य जगहों पर ही खर्च करना चाहते हैं, उनके लिए यह उपाय कारगर सिद्ध होगा।

कई लोगों की आदत होती है कि एक जगह से चीज़ें लेकर दूसरी जगह पर रख देते हैं। फिर उन्हीं चीज़ों को ढूँढ़ने में उनका समय बरबाद होता है। ऐसे में आप कुछ चीज़ों जैसे पेन, स्टेपलर इत्यादि को धागे या तार से बाँधकर रख सकते हैं ताकि हर बार वे चीज़ें एक ही जगह पर मिलें।

५. रिमाइन्डर का सिस्टम बनाएँ :

सोचकर देखें कि घर पर जाने के बाद आप पहला काम क्या करते हैं? हो सकता है कि आप घर जाकर अपनी चाभियाँ एक ड्रॉवर में रखते हों... किचन में जाकर फ्रिज खोलते हों... जूते उतारकर ड्रॉवर में रखते हों इत्यादि। ऐसी कोई जगह होगी जहाँ आपका पहला ध्यान जाता हो। ऐसी जगहें आपको रिमाइन्डर रखने के काम आ सकती हैं।

जो भी ड्रॉवर आप पहले खोलते हैं, उसमें रिमाइन्डर की चिट्ठियाँ डालकर रख दें। जैसे यदि आपने रोज़ व्यायाम करने का निर्णय लिया हो तो उसे चिट्ठि में लिख दें और ड्रॉवर में रख दें। यदि आपको किसी को फोन करना हो तो बच्चों का फोन का खिलौना लेकर उस ड्रॉवर में रख दें ताकि आपको फोन करना याद आए।

यदि आप घर पर आने के बाद ड्रॉवर न खोलते हों तो अब से इस आदत को अपना लें। कोई भी एक ड्रॉवर तय कर लें और रोज़ ऑफिस से आने के बाद उसे खोलकर देखें। ऐसा करने से आपको रोज़ स्वतः ही रिमाइन्डर्स मिलेंगे और आप चीज़ें और कार्य भूलने से बच जाएँगे।

६. मल्टी स्विचिंग करें

लोगों को लगता है कि मल्टी टास्किंग से समय बचता है जबकि हकीकत यह है कि मल्टी टास्किंग से नहीं बल्कि मल्टी स्विचिंग से समय बचता है। लोग इस गलतफहमी के शिकार हैं कि वे एक दिन में कई काम करते हैं यानी वे मल्टी टास्किंग कर रहे हैं। जबकि इसे मल्टी टास्किंग नहीं बल्कि मल्टी स्विचिंग कहते हैं। कोई भी एक समय पर एक से अधिक काम नहीं कर सकता यानी मल्टी टास्किंग नहीं कर सकता। जैसे आप पुस्तक पढ़ते-पढ़ते टी.वी. नहीं देख सकते। हाँ, मल्टी स्विचिंग ज़रूर की जा सकती है। मल्टी स्विचिंग का अर्थ है कि एक काम के बाद तुरंत दूसरे काम पर शिफ्ट हो जाना।

कई लोग दिनभर एक ही काम करते हैं और उसे पूरा करके फिर सोचते हैं कि अब कौन सा काम किया जाए। ऐसे में उन्हें कार्यों को पूर्ण करने में काफी समय लग जाता है। मल्टी स्विचिंग करने से एक दिन में कई कामों को आगे बढ़ाया जा सकता है।

मल्टी स्विचिंग में यह प्रशिक्षण होना चाहिए कि एक काम को आप जहाँ छोड़ते हैं, वहाँ की नोटिंग की जाए, फिर दूसरे काम को शुरू किया जाए। हर काम को करने के बाद, उसे आपने कहाँ तक पूर्ण किया है, यह अंकित करना ज़रूरी है।

जैसे यदि आप दो पुस्तकें पढ़ना चाहते हैं और दोनों को जल्दी पूरा करना चाहते हैं तो आप मल्टी स्विचिंग का उपयोग कर सकते हैं। रोज़ दोनों पुस्तकों के कुछ पन्ने पढ़ने से एक समय बाद आपकी दोनों पुस्तकें पढ़कर समाप्त हो सकती हैं। ऐसा करते वक्त खयाल यह रखना है कि दिनभर में आप पहली पुस्तक के जितने पन्ने पढ़े, वहाँ पर बुकमार्क रख दें, फिर ही दूसरी पुस्तक पढ़ना शुरू करें। यदि आपने यह प्रशिक्षण प्राप्त नहीं किया तो हर दिन आपका समय इसी बात में नष्ट होगा कि आपने कौन सी पुस्तक को कहाँ तक पढ़ा है।

ठीक यही प्रशिक्षण कामों में भी ज़रूरी है। मल्टी स्विचिंग करते वक्त आपने पहला काम कहाँ तक पूर्ण किया, इसे अंकित करने से आपका काफी समय बचेगा और एक ही दिन में कई काम हो पाएँगे।

७. टु डू लिस्ट बनाएँ

टु डू लिस्ट का अर्थ है, 'कार्यों की सूची' बनाना। टु डू लिस्ट में सबसे पहले अपने सारे कार्य लिख लें। फिर यह जाँच लें कि इनमें से कौन से कार्य सबसे महत्वपूर्ण हैं, उन कार्यों पर अलग रंग से निशान लगा लें। एक-एक करके उन कार्यों को करने की शुरुआत करें। इस कार्यप्रणाली में एक और महत्वपूर्ण बात यह है कि हफ्ते का एक दिन तय करके, इस सूची पर पुनःविचार करके नए कार्य जोड़ें, कुछ निकाल दें। इस तरह इसे अपडेट कर लें।

टु डू लिस्ट से आप कई कार्यों की पहल कर पाएँगे और उन्हें अंजाम तक ले जाने के लिए वचनबद्ध रहेंगे।

८. स्टॉप वॉच का उपयोग करें

आप सभी ने स्टॉप वॉच देखी होगी। उसका उपयोग कैसे होता है यह भी देखा होगा। यहाँ हम समझेंगे कि स्टॉप वॉच का उपयोग आप अपनी दिनचर्या के समय को जाँचने के लिए कैसे कर सकते हैं।

हम हमारा समय कहाँ बचा सकते हैं? इसका विश्लेषण करने के लिए हमें स्टॉप वॉच उपयोग में आ सकती हैं। सुबह उठने के बाद आप अपने हर कार्य से पहले स्टॉप वॉच सेट कर दें और देखें कि 'मुझे इस काम में कितना समय लगा?' यह पता चलते ही आपमें जागरूकता आएगी कि 'मैं कहाँ-कहाँ समय बचा सकता हूँ?' इसके लिए ''समय की डायरी'' बना लें और उसमें स्टॉप वॉच का समय नोट करते जाएँ।

जैसे आप ऑफिस के लिए तैयार होते हैं तो स्टॉप वॉच लगा दें और देखें कि आपको तैयार होने में कितना समय लगता है। यदि नतीजा निकला कि आपको एक घंटा तैयार होने में लगता है तो उसे डायरी में नोट कर लें। फिर उस पर आप सोच सकते हैं कि 'क्या मैं ४५

मिनट में तैयार हो सकता हूँ?' यदि जवाब 'हाँ' में हो तो आप रोज़ १५ मिनट बचा पाएँगे।

रोज़ बचनेवाले १५ मिनटों के चलते, आप किसी कला में निपुण हो सकते हैं। ये १५ मिनट साल में इकट्ठा होकर, आपके जीवन को नई दिशा दे सकते हैं, सफलता में आपकी मदद कर सकते हैं।

अगले पन्ने पर, उदाहरण के तौर पर स्टॉप वॉच – समय सूची दी जा रही है। उसके अनुसार अपनी समय डायरी बनाएँ।

स्टॉप वॉच - समय सूची		
कार्य	कितना समय लगा	कितना समय लगना चाहिए
उदाहरण– ऑफिस के लिए तैयारी	एक घंटा	४५ मिनट
नाश्ता		
लंच		
पुस्तक पढ़ना		
फोन पर एक दिन में लगा समय		
ख्याली पुलाव पकाने में लगा समय		
यात्रा		
व्यायाम		
सजावट/ सफाई		
चीज़ें खोजने में		

◆ ◆ ◆

समस्या यह है कि कमी दिशा की है, न कि समय की।
क्योंकि हम सभी के पास दिन के २४ घंटे होते हैं।

– ज़िग ज़िगलर

THREE

समय नियोजन टिप

व्यायाम के लिए निकला समय

क्या आपको व्यायाम के लिए समय नहीं मिलता?

टिप : व्यायाम के लिए छोटे–छोटे कार्यों के बीच समय को देखना शुरू करें। जैसे लिफ्ट का बटन दबाएँ तो लिफ्ट आने तक सीडियों पर स्टेप पर एक्सरसाईज़ करें या एक छोटा चक्कर लगा लें। एक डंबल अपनी दरवाज़े के पास लटकाएँ या किनारे रख दें। जब भी आप बाहर से घर आएँ तो बेल बजाने के बाद डंबल उठाकर व्यायाम शुरू कर दें।

जब तक कोई आकर दरवाज़ा खोले, तब तक आपका कुछ मिनटों का व्यायाम हो जाएगा। दिन में जितनी भी बार आप घर आएँगे, आपका व्यायाम होता रहेगा। इस तरह छोटी–छोटी जगहों पर समय ढूँढने से आपका व्यायाम होता रहेगा।

नौवाँ घंटा

कार्यों के मानसिक बोझ से मुक्ति
मौजूदा कार्य प्रणाली में लाएँ बदलाव

समय को महत्त्व न देकर आप
अपना महत्त्व कम करते हैं।

आपके काम नियोजित हैं या नहीं? यह जानने के लिए स्वयं से निम्नलिखित सवाल पूछें। यदि अधिकतर सवालों का जवाब 'हाँ' में हो तो समझ जाएँ कि आपको कार्य नियोजन सीखने की आवश्यकता है।

* क्या आपको ऐसा लगता है कि आप जो भी करते हैं, वह अव्यवस्थित, अनियोजित और अनुत्पादक होता है?
* क्या आप सब कुछ ऐन मौके पर ही करते हैं चूँकि कार्य करते समय बहुत उथल-पुथल चल रही होती है?
* क्या आप लगातार कभी एक कार्य से जूझते हैं तो कभी दूसरे से?
* क्या आप लगातार बदलती प्राथमिकताओं के कारण अकसर उत्तेजित हो जाते हैं और तनाव में रहते हैं?
* क्या आप अकसर अपनी दिनभर की कार्य सूची तैयार करते हैं लेकिन उसके मुताबिक काम नहीं कर पाते?

आपने देखा होगा कि आम तौर पर दिलचस्प विचार, विषय, ज़रूरी कागज़ात या कोई महत्वपूर्ण फोन नंबर हमारे सामने तभी आता है, जब हम या तो जल्दबाजी में होते हैं या व्यस्त होते हैं... फिर या तो हम उन्हें कहीं रखकर भूल जाते हैं या वे हमारी दराज़ में पड़े-पड़े धूल खाते रहते हैं और हम उन्हें दोबारा देखने का समय ही नहीं निकाल पाते।

दरअसल समस्या यह है कि आनेवाले महत्वपूर्ण कार्यों, सूचनाओं, कागज़ातों या ई-मेल्स को इकट्ठा करने और उन्हें सुनियोजित करने की आपके पास कोई पुख्ता व्यवस्था नहीं है। जब आपके पास कोई पुख्ता व्यवस्था नहीं होती तो आप समय नियोजन के सबसे निचले पायदान पर होते हैं।

मूड, मेमरी और मौसम के गुलाम न बनें :

'**मूड और मौसम** बनने का इंतज़ार तो मुल्क के सारे आलसी कर रहे हैं और उसे लाना उनके लिए मुश्किल ही नहीं, नामुमकिन है।' कहीं हमारा भी यही विचार तो नहीं है!

कई लोग इस विचार की वजह से कार्य शुरू ही नहीं कर पाते। वे सोचते ही

रह जाते हैं कि कार्य शुरू करने से पहले काम करने का मूड, भावना तो बने। वे यह हकीकत जान ही नहीं पाते कि 'कर्म, भावना का अनुगामी (चालक) है।' यानी 'कर्म करने से ही भावना आती है।' कर्म को नियमित करके हम अपनी भावना को भी नियमित कर सकते हैं। कार्य को शुरू कर देने से उस कार्य को करने की भावना, रुचि अपने आप बढ़ सकती है। देखा जाए तो कर्म हमारी इच्छा के सीधे नियंत्रण में अधिक रहता है जबकि भावना और रुचि हमारे सीधे नियंत्रण में नहीं रहते इसलिए रुचि और भावना का इंतज़ार न करते बैठें, कार्य शुरू कर दें।

इस नियम को समझते हुए आप जो कुछ भी करें, ऐसा समझकर करें कि आपके काम शुरू कर देने से वह काम करने में रुचि अपने आप आ जाएगी और ऐसा करने के लिए आप अपनी संपूर्ण इच्छा का उपयोग करें।

जब काम करने का मूड और माहौल आपको न दिखे, तब अपने कार्यों की रफ्तार को बढ़ा दें– जैसे तेज़ चलें, तेज़ लिखें, तेज़ी से फोन का नंबर डायल करें, जल्दी से नहाएँ, तेज़ी से सफाई करें, तेज़ी से वस्तुओं को एक जगह से दूसरी जगह रखें इत्यादि। यह रफ्तार मन को मूड का गुलाम बनने से रोक देगी। इंसान असफल तब बनता है, जब वह मूड का गुलाम होता है। सोचकर देखें कि यदि घर पर आपकी बीवी, माँ या बहन खाना बनाने के लिए मूड का इंतज़ार करने लगीं तो आप महीने में कितने दिन घर में खाना खा पाएँगे? इस पर सोचने के बाद आप समझ जाएँगे की मूड की गुलामी से बाहर निकलना कितना आवश्यक है। यदि आप इस तकनीक से अपना मूड बदल सकते हैं तो इसका इस्तमाल ज़रूर करें। इस तरह आप मूड के गुलाम बने बिना, अपने कार्यों को समय पर पूर्ण कर सकते हैं।

लोगों की आदत होती है कि वे अपने सारे कार्यों को पूरा करने के बजाय एक– एक करके उन्हें अपनी **मेमरी** में जमा करके रखते जाते हैं।

कल्पना कीजिए कि आपको एक ज़रूरी कार्य पूरा करने के लिए कहा जाता है। डायरी न होने की वजह से आप उस कार्य को अपने **मेमरी** में डाल देते हैं। इस तरह आप अपने काम के काल्पनिक बोझ में थोड़ा और इज़ाफा कर लेते हैं। इस तरह आपके सारे कार्य हवा में झूल रहे होते हैं, जिन्हें पूरा करने की कोई ठोस योजना या समय सीमा आपके पास नहीं होती। उदाहरण के लिए बॉस आपको एक महत्वपूर्ण रिपोर्ट भेजने का निर्देश देता है। मूड, मेमरी और मौसम का गुलाम होने के कारण आप

न तो उसके निर्देश को कहीं लिखकर रखते हैं और न ही रिपोर्ट भेजने की कोई समय सीमा तय करते हैं। आप बस मन ही मन उसे भेजने का इरादा कर लेते हैं लेकिन भेजते नहीं हैं। इस तरह आप बॉस के निर्देश को अपने सिर पर काम के काल्पनिक बोझ की तरह रख लेते हैं और उस बारे में कुछ नहीं करते। चूँकि आप ज़्यादातर मामलों में यही तरीका अपनाते हैं इसलिए उनमें से कुछेक कार्य आपको याद ही नहीं रहते और कभी पूरे भी नहीं होते। इस तरह मेमरी के भरोसे काम करने से अच्छा है कि आप अपने लिए सिस्टम बनाकर, मेमरी की गुलामी बंद करें।

मूड और मौसम के गुलाम लोग हर सुबह उन्हें जो भी कार्य पहले याद आ जाता है, उसे पूरा करने में जुट जाते हैं। वे सिर्फ वही कार्य करते हैं, जो करना उन्हें अच्छा लगता है, न कि वह कार्य, जिसे किया जाना ज़रूरी होता है। चूँकि अपने आस-पास के माहौल को आप नियंत्रित नहीं करते इसलिए वह आपको ही नियंत्रित करना शुरू कर देता है। लिहाज़ा आपको अकसर ऐसी स्थितियों का सामना करना पड़ता है, जब किसी विशेष काम को आनन-फानन में पूरा करना आपकी मजबूरी बन जाता है।

२१वीं सदी में एक तरफ तो दिनभर आनेवाले ई-मेल्स और वॉट्सअप मैसेजेस समय-बेसमय आपका ध्यान अपनी ओर खींचते रहते हैं, दूसरी ओर ये आपके सिर पर झूलते काम का काल्पनिक बोझ भी बढ़ाते रहते हैं।

ऐसा नहीं है कि आप मूड, मेमरी और मौसम के गुलाम हैं यानी आलसी हैं। परंतु ऐसे में सामान्यतः आपके अंदर अपने ही विकास को टालने की प्रवृत्ति पैदा हो जाती है।

मूड, मेमरी और मौसम पर निर्भर लोगों के पास न तो कार्य प्रबंधन की कोई प्रणाली होती है, न ई-मेल नियोजन की और न ही सूचना प्रबंधन (जानकारी को ज़रूरत के वक्त निकाल पाने) की कोई व्यवस्था होती है। उनके ई-मेल्स, कागज़ात और फाईल्स वगैरह यूँ ही अस्त-व्यस्त पड़े रहते हैं। कोई आश्चर्य नहीं कि वे हमेशा स्वयं को अव्यवस्थित और बेतरतीब महसूस करते हैं।

आइए, देखते हैं कि समय नियोजन के तीन नए स्तरों को समझकर आप अपनी स्थिति में सुधार कैसे ला सकते हैं। इसे 'रचनात्मक समय नियोजन प्रणाली' कहते हैं। यह प्रणाली विशेष रूप से २१वीं सदी की ज़रूरतों को ध्यान में रखते हुए तैयार की

गई है। यह नई प्रणाली सभी अनावश्यक बातों को कम करने पर आधारित है यानी कम प्रयास, कम तनाव, कम समय।

◆ ◆ ◆

मैं अतीत से सीखता हूँ लेकिन वर्तमान पर विशेष ध्यान रखते हुए,
भविष्य की योजना बनाता हूँ। इसी में आनंद है।

- डोनाल्ड ट्रम।

समय नियोजन टिप

चलने के लिए मिला समय

क्या आप एक से डेढ़ घंटा चलने के लिए समय निकालना चाह रहे हैं, परंतु नहीं निकाल पा रहें?

टिप : यह ज़रूरी नहीं कि आप लगातार एक से डेढ़ घंटा चलें। आप अपने चलने को २०–२० मिनट के हिस्सों में बाँट सकते हैं। इससे आपको जब भी २० मिनट का समय मिलेगा, आप वॉक के लिए जा सकते हैं।

यदि आप २० मिनट भी नहीं निकाल पा रहे हैं तो ऑफिस जाते वक्त अपनी गाड़ी २० मिनट की दूरी पर पार्क करें और वहाँ से चलकर ऑफिस जाएँ।

यदि आप बस या ट्रेन से ऑफिस जाते हैं तो एक स्टॉप पहले उतर जाएँ और वहाँ से चलकर ऑफिस जाएँ। यही आप ऑफिस से लौटते वक्त भी दोहरा सकते हैं।

इस तरह आपको अपने दिनचर्या से अलग से वॉकिंग के लिए समय निकालने की आवश्यकता नहीं पड़ेगी।

दसवाँ घंटा

कार्य लेखन व कैपचरिंग

कार्य प्रणाली का पहला कदम

रात को हलकी योजना बनाकर सोएँ तो सुबह भारी काम आसानी से होंगे।

THREE

कार्य नियोजन करते वक्त सबसे पहले आपको अपने कार्यों को एक निश्चित जगह पर कलमबद्ध करके रखना शुरू करना है। एक निश्चित जगह पर लिखकर रखना यानी किसी भी एक डायरी, नोटबुक, फाइल, कंप्यूटर, लैपटॉप या मोबाईल-ॲप में लिखकर रखना। इसे हम कलमबद्ध यंत्र कह सकते हैं। यह ऐसा यंत्र है, जिसमें आपको जो भी कार्य याद आएँ, वे लिखते जाने हैं। लिखते समय आपको कार्यों को 'महत्वपूर्ण' और 'कम महत्वपूर्ण' जैसी श्रेणियों में बाँटने की चिंता नहीं करनी है, केवल यह सुनिश्चित करना है कि सारे कार्य एक निश्चित जगह पर लिखकर रखे गए हैं।

इसमें वे भी सारे कार्य दर्ज करें जो कभी किसी ने आपको करने के लिए कहे हों या आपने जिन कार्यों की स्वयं ज़िम्मेदारी ली हो। कलमबद्ध यंत्र के रूप में आप अपनी सुविधा अनुसार डायरी, नोटबुक या गैजेट्स का इस्तेमाल कर सकते हैं। बेहतर होगा कि आप अपने कलमबद्ध यंत्र के रूप में पॉकेट डायरी या मोबाईल-ॲप का ही उपयोग करें क्योंकि किसी कंप्यूटर में लिखकर रखने का नकारात्मक पहलू यह है कि आपके पास हर समय अपना कंप्यूटर उपलब्ध नहीं होता। इसके अलावा हर बार कोई नया कार्य आने पर उसे लिखने के लिए पहले आपको कंप्यूटर शुरू करना होगा।

उदाहरण के लिए यदि आपने कलमबद्ध यंत्र के तौर पर पॉकेट डायरी या मोबाईल-ॲप का चुनाव किया है तो आपको अगर कोई खास विचार नाहते हुए भी आता है तो आप स्नानघर से बाहर आते ही उसे अपने कलमबद्ध यंत्र में लिख सकते हैं। यदि आपका बॉस आपको किसी काम के लिए अपने केबिन में बुलाता है तो आप अपने कलमबद्ध यंत्र को वहाँ भी ले जा सकते हैं। राह चलते आपकी मुलाकात अपने किसी दोस्त से हो जाती है और आप उससे कोई वादा करते हैं तो उसे तुरंत लिखकर रख सकते हैं। ऐसा करने पर जब भी आपको कोई कार्य करने का समय मिलेगा, तब आप आसानी से अपने कलमबद्ध यंत्र की ओर देख पाएँगे।

हमें यह सुनिश्चित करना सीखना है कि हम अपने कार्यों को सिर्फ याद रखने के बजाय उन्हें लिखित रूप में अपने पास रखें। आपका कलमबद्ध यंत्र हमेशा आपके साथ रहे।

कैपचरिंग की नई तकनीक का उपयोग करें :

यह एक बहुत ही नई व अनूठी तकनीक है। कार्य और विचारों को कैपचर (कैद) करने का अर्थ है उसे तुरंत लिखकर रखना या अपने मोबाईल में तसवीर के रूप में कैद

कर लेना। जैसे हम अपने कैमरे में तसवीरें कैद (कैपचर) करते हैं, उसी तरह अपने कार्य और विचारों को कलमबद्ध यंत्र में नोट करके रखना। देखा जाए तो आजकल ज़्यादातर लोगों के पास स्मार्ट फोन होता है, जिसमें फोटो लेने की सुविधा ज़रूर होती है। हमने अपने मोबाईल का इस्तेमाल लोगों का या अपनी फोटो (सेल्फी) लेने में बहुत किया है। लोग जानकारी और सूचनाओं के बोर्ड की तसवीरें खींचते हुए भी देखे गए हैं परंतु अब इसका उपयोग चीज़ों को याद रखने के लिए भी करना सीखेंगे।

आइए, इसे नीचे दिए गए कई उदाहरणों से समझें –

१. जब भी आपको कोई विशेष विचार, कार्य, सूचना या प्रोजेक्ट याद आए तो उसे तुरंत अपने कलमबद्ध यंत्र में लिख लें। अचानक आपको कोई नई युक्ति (आयडिया) आ गई तो उसे भी आपको तुरंत कलमबद्ध करना चाहिए ताकि भविष्य में आप उस पर कार्य कर सकें। कोई ऐसा प्रोजेक्ट है, जिसका फोटो लिया जा सकता तो उसे अपने मोबाईल में क्लिक करके रखें।

२. आप किसी मीटिंग में हों और अचानक कोई ऐसा काम आ जाए, जिसे आपको मीटिंग के बाद तुरंत पूरा करना हो तो इसे आप अपने कलमबद्ध यंत्र में लिख सकते हैं।

३. अगर किसी ने आपको कोई ज़रूरी फोन नंबर या पता दिया है तो उसे भी आप अपने यंत्र में लिखकर रख सकते हैं। आप किसी के विजिटिंग कार्ड का फोटो लेकर भी रख सकते हैं।

४. आपको अगर किसी सेमिनार में जाना है तो उस सेमिनार के परची को अपने फोन में कैद कर लें।

५. आपको अपने घर का पंखा ठीक करवाना है तो यह लिखने के बजाय उसकी तसवीर लेना आसान होगा। तसवीर देख आप समझ जाएँगे कि पंखे के साथ क्या करना है।

६. आपको अगर डर है कि चीज़ें रखकर आप भूल जाते हैं तो आप उन्हें रखते ही उस जगह की फोटो ले लें ताकि आप बाद में उसे देखकर याद कर पाएँ कि कौन सी चीज़ कहाँ पर है।

७. हर नई कार्यप्रणाली और जानकारी को लिखित रूप में लाएँ। ताकि भविष्य में हम अपने समय की बचत कर सकें।

८. कई बार हम कार्य करते समय बहुत सी नई बातें सीखते हैं मगर कुछ समय के बाद उन्हें भूल जाते हैं। इसलिए हर रात सोने से पहले मनन करें कि 'आज दिनभर में ऐसी कौन सी बातें मैंने सीखीं, समझीं जो बहुत महत्वपूर्ण थीं', उन्हें डायरी में ज़रूर लिखें।

इस तरह किसी विचार या कार्य को अपने दिमाग में रखने के बजाय पॉकेट डायरी या मोबाईल-ॲप में लिखने से आपको उन्हें किसी भी समय प्राप्त किया जा सकता है।

धीरे-धीरे आप अपने कलमबद्ध यंत्र में अलग-अलग श्रेणियाँ भी बना सकते हैं और उन कार्यों को हटा सकते हैं, जो पूरे हो चुके हैं। जैसे डायरी के जिस पन्ने पर लिखे हुए कार्य पूरे हो चुके हैं, उसे फाड़कर फेंक दें, मोबाईल से कार्यों या तसवीरों को डिलीट कर दें। समय के साथ-साथ आप दो कलमबद्ध यंत्रों का उपयोग भी शुरू कर सकते हैं, एक ऑफिस में और दूसरा घर में। मगर याद रहे, ज़्यादा कलमबद्ध यंत्र न बनाएँ अन्यथा यंत्र ढूँढ़ने में ही समय निकल जाता है। कुल मिलाकर मूल विचार यही है कि आप अपने सारे कार्यों को लिखित रूप में एक निश्चित जगह पर रखना शुरू कर दें। सिर्फ इतना करके ही आप अपनी उत्पादकता उल्लेखनीय रूप से बढ़ा सकते हैं। इससे आपका समय भी बचता है और तनाव भी कम होता है।

THREE

ग्यारहवाँ घंटा

आवश्यकता व अभिलाषा सूची

समय व कार्य नियोजन के दो शब्द

'मैं पूर्ण हूँ और पूर्ण से हर काम
सही समय पर पूर्ण होता है',
इस महावाक्य को दोहराकर इसे पूर्ण बनाएँ।

एक बार जब आप पहले कदम पर पहुँच जाते हैं तो आपके सारे ज़रूरी कार्यों का लेखा-जोखा एक निश्चित जगह पर मौजूद होता है। इसके बाद आपको दूसरे कदम पर दो प्रमुख प्राथमिकताओं का अभ्यास करना होगा।

१. आवश्यकता

२. अभिलाषा

आप अपने कलमबद्ध यंत्र में दो सूचियाँ, 'आवश्यकता सूची' और 'अभिलाषा सूची' तैयार कर सकते हैं। आवश्यकता सूची में वे कार्य रखें, जो महत्वपूर्ण हों और जिन्हें पूरा करना ज़रूरी हो। जबकि अभिलाषा सूची के अंतर्गत वे कार्य आएँगे, जिन्हें आप करना चाहते हैं या जिन्हें करने के लिए आपको पहले कुछ निर्णय लेने हैं। आप अपनी सारी इच्छाएँ भी अभिलाषा सूची में लिख सकते हैं।

जैसे अगर आपने किसी से कोई वादा किया है, जो कार्य आपकी पेशेवर ज़िम्मेदारियों में आते हैं, या कोई कार्य करना आपके करियर की बेहतरी के लिए महत्वपूर्ण है तो वह आपकी आवश्यकता सूची में जाएगा। आवश्यकता सूची में वे सारे कार्य आएँगे जो आपको अपने लक्ष्य की ओर ले जाते हैं और जो इस सप्ताह, महीने या साल में करने ही हैं।

जबकि अगर आप कोई विशेष फिल्म देखने के इच्छुक हैं या आपको कोई अनोखा विचार आया है, जो आपके कार्य को बेहतर बना सकता है लेकिन वह किसी महत्वपूर्ण प्रोजेक्ट से संबंधित नहीं है तो इसे अपनी अभिलाषा सूची में डाल दें। दरअसल आपकी अभिलाषा सूची ऐसे कार्यों की सूची है, जिन्हें आप या तो अभी नहीं कर सकते या अभी करने के बजाय बाद में करना चाहते हैं। दूसरे शब्दों में कहें तो इस सूची में ऐसे कार्य आते हैं, जिन्हें आप इस सप्ताह या इस महीने में नहीं कर सकते या नहीं करना चाहते। अवधि एक सप्ताह की हो या एक महीने की, यह आप तय करें।

अपनी अभिलाषा सूची को हर सप्ताह या हर महीने में एक बार ज़रूर पढ़ें और देखें कि क्या उसमें लिखे गए किसी कार्य को आप अपनी आवश्यकता सूची में जगह देना चाहते हैं। अपनी अभिलाषा सूची की समीक्षा करना और मनचाहे कार्यों को आवश्यकता सूची में जगह देना, यह दूसरे कदम का एक महत्वपूर्ण चरण है।

आवश्यकता और अभिलाषा सूची तैयार करने के बाद आप मानसिक तौर पर अधिक स्वतंत्र महसूस करेंगे।

दूसरे कदम पर कार्य नियोजन का मूल मंत्र है, "कार्य पर विचार करें, उसे एक निश्चित जगह पर लिखें और दो श्रेणियों में बाँट लें।" बेहतर उत्पादकता के लिए प्रतिदिन विचार करें कि आप अपनी आवश्यकता सूची में कौन सी नई चीज़ जोड़ सकते हैं। अपने सबसे महत्वपूर्ण कार्यों को सबसे पहले पूरा करें, ताकि वे आगे के कार्यों में बाधा न बनें। इसके बाद अपनी आवश्यकता सूची के बाकी के कार्यों पर ध्यान केंद्रित करें और उन्हें भी पूरा कर लें।

आवश्यकता सूची में हर दिन ऐसे कुछ कार्य भी होंगे, जिन्हें आप किसी कारणवश पूरा नहीं कर पाएँगे लेकिन जब तक वे कार्य आपकी आवश्यकता सूची में हैं, तब तक आपको चिंतित होने की ज़रूरत नहीं है। अगर आप अभिलाषा सूची में लिखे दिनभर के सारे कार्य पूरे कर लेते हैं तो अपना ध्यान अभिलाषा सूची पर केंद्रित कर सकते हैं।

इस कदम पर आप लगातार इस बात पर विचार करते हैं कि जो कार्य आपको करना है वह आपकी आवश्यकता है या अभिलाषा। इसके बाद आप अपने सारे कार्यों को उसी अनुसार श्रेणीबद्ध और संचालित कर सकते हैं। इस कदम के पीछे का मूल विचार यही है।

आगे आप कैलेंडर जैसे समय-सारणी यंत्रों पर भी काम कर सकते हैं या फिर ऐसी डायरीज़ रखना शुरू कर सकते हैं, जिनमें समय का विवरण लिखने की सुविधा होती है। इस तरह आप अपनी आवश्यकता सूची के अंतर्गत आनेवाले कार्यों के लिए विशेष समय-सारणी भी तैयार कर सकते हैं।

◆ ◆ ◆

जो व्यक्ति एक घंटा बरबाद करने की हिमाकत करता है,
वह जीवन के मूल्य को समझ नहीं पाया है।

- चार्ल्स डार्विन

समय नियोजन टिप

ध्यान के लिए मिला समय

क्या आप रोज़ ध्यान में बैठने के लिए समय निकालने की कोशिश करते हैं, परंतु समय नहीं मिल पाता?

टिप : कई लोग आध्यात्मिक उन्नति करने के लिए कम से कम १ घंटा ध्यान करने का निश्चय करते हैं परंतु ध्यान में बैठते ही उन्हें कोई काम याद आ जाता है या कोई न कोई उन्हें ध्यान से उठा देता है।

यदि आप ट्रेन से ऑफिस जाते हैं तो अपने लिए फर्स्ट क्लास की टिकट निकाल सकते हैं। ऐसा करने से आप पूरा समय, बिना किसी विघ्न के, ध्यान में बैठकर ऑफिस तक जा सकते हैं।

यदि आप घर पर ही ध्यान करना चाहते हैं तो रोज़ सुबह ४ बजे का अलार्म लगाएँ और उठकर, १ घंटा ध्यान कर लें। फिर वापस से सो जाएँ। फिर जिस समय पर आप रोज़ उठते हैं, उसी समय पर उठें। इस तरह आपके ध्यान में विघ्न नहीं आएगा और न ही आपकी दिनचर्या में।

यह टिप आप व्यायाम के लिए भी अपना सकते हैं।

बारहवाँ घंटा

ऊर्जा बढ़ाएँ, समय बचाएँ
आप दिन का कौन सा समय चुनेंगे?

'अपनी ज़िंदगी का एक दिन बेचकर रोज़ आप क्या खरीदते हैं?' क्या आपने यह कभी सोचा है?

समय संपन्न बनने के लिए अपनी ऊर्जा का उच्चतम उपयोग कैसे किया जाए, यह सीखें। कुछ लोगों का मानना है कि जिस कार्य से आप दिनभर बचने की कोशिश करते हैं, उसे सबसे पहले निपटाया जाए ताकि उसका बोझ आप पर दिनभर न बना रहे। हालाँकि कुछ लोगों का मानना है कि दिन की शुरुआत किसी आसान काम से करनी चाहिए, ताकि आपकी काम करने में रुचि बनी रहे। यह बात हर इंसान के स्वभाव पर निर्भर करती है।

हर इंसान का दिनभर में कोई न कोई समय ऐसा ज़रूर होता है, जब वह अपनी ऊर्जा के स्तर को सबसे ज़्यादा महसूस करता है। इस समय पर उसके लिए अपने कार्य पर ध्यान केंद्रित करना सबसे आसान होता है। आपको अपने उस समयावधि को पहचानकर उसे अपना सबसे उत्पादक समय बनाना है।

डॉक्टर ओज़, जो कि एक साल में २५० हार्ट सर्जरी करते हैं तथा उनका अपना टी.वी. शो भी है, वे समय नियोजन के बजाय ऊर्जा नियोजन पर अधिक ध्यान देते हैं।

समय का प्रबंधन करने की कोशिश करने से बेहतर है, अपनी ऊर्जा का प्रबंधन इस तरह करना कि उस समय आप अपने सबसे महत्वपूर्ण कार्यों को निपटा सकें। उदा. मल्टीप्लेक्स थिएटर में आपने देखा होगा कि टिकट्स की कीमत अलग-अलग समय और दिन के अनुसार तय की जाती हैं। टिकट्स की कीमत छुट्टियों के समय ज़्यादा रखी जाती है। यह इसलिए क्योंकि उस समय ज़्यादा लोग फ्री होने की वजह से फिल्म देखने आते हैं। छुट्टियों में थिएटरवालों को ज़्यादा दर्शक मिलते हैं। इस उदाहरण से समझें कि हमें हर समय एक जैसे काम नहीं करने चाहिए बल्कि कामों को अपनी ऊर्जा के अनुसार विभाजित करना चाहिए। दिन में किसी खास समय पर हमारी ऊर्जा ज़्यादा होती है, हम ज़्यादा उत्साहित होते हैं, हमारी विचार शक्ति और कार्यक्षमता भी ज़्यादा होती है। यही हमारा महत्वपूर्ण समय होता है।

ज्यादातर लोगों के लिए उनका ऊर्जापूर्ण समय सुबह में होता है। ऐसे लोग सुबह जल्दी उठकर कार्य करना पसंद करते हैं। वहीं दूसरी ओर कुछ लोग रात को जागकर अपने कार्य को पूर्ण करना पसंद करते हैं। इस समय पर वे अपने बड़े-बड़े कार्यों को चुटकियों में कर पाते हैं क्योंकि उस वक्त उनकी एकाग्रता ज़्यादा

होती है। अगर आप अपने समय का उपयोग अच्छे से करना चाहते हैं तो अपने ऊर्जापूर्ण समय को पहचानें। इस समय में ऐसे कार्य करें, जिसमें आपको अरुचि है या कठिन है। उस वक्त ऐसे बड़े-बड़े कार्य भी किए जा सकते हैं, जिसमें बहुत सोच-विचार और ऊर्जा की आवश्यकता है या जिन कार्यों को करने में आपको बोरियत महसूस होती है।

ऊर्जा की परतें :

इंसान के पास भरपूर ऊर्जा होती है। वह दिनभर भी अपनी इस ऊर्जा का इस्तेमाल कर सकता है। यह पता न होने के कारण वह अपनी सीमित ऊर्जाओं के साथ कार्य करते रहता है।

ऐसा कहा जाता है कि इंसान में ऊर्जा की तीन परतें होती हैं। पहली परत रोज़ के कामों में खर्च हो जाती है, दूसरी परत आपात्काल में इस्तेमाल होती है और तीसरी परत का इस्तेमाल कोई एकाधा ही कर पाता है। उदा. कोई इंसान अपनी पहली परत खर्च करके थका-हारा जब घर आता है, तब एक कदम उठाना भी उसे मुश्किल लगता है लेकिन नए साल की पार्टी की खबर उसमें जोश भर देती है। उसके बाद वह देर रात तक दूसरी ऊर्जा (दूसरी परत) के साथ पार्टी में नाचता-गाता है। यह शक्ति उसके पास कहाँ से आई? यह उसके अंदर की ही ऊर्जा थी जो एक घटना में उभरकर सामने आई। अगर कोई कार्यक्रम नहीं है तो इंसान अपनी इस दूसरी परत का भी इस्तेमाल नहीं करता। हर इंसान दूसरी परत का इस्तेमाल कभी न कभी कर ही लेता है लेकिन तीसरी परत तक पहुँच नहीं पाता।

एक इंसान कितना भी थककर सोया हो लेकिन घर में आग लगने की घटना उससे रातभर आग बुझाने का कार्य करवा सकती है। सुबह वह तरोताज़ा रहकर, समस्या को सुलझाता हुआ दिखाई देता है। इसी तरह पिकनिक पर, शादी में लोग अपनी इस शक्ति का इस्तेमाल करते रहते हैं। आप भी अपने अंदर छिपी हुई शक्ति को पहचानें और उसका इस्तेमाल रोज़मर्रा के जीवन में करें। घटनाओं का इंतज़ार न करें। दूसरी ऊर्जा को उभारने के लिए थकावट का पहला लक्षण नज़रअंदाज़ करें। सुस्ती के आते ही तुरंत लापरवाह न हो जाएँ बल्कि इसे शक्ति की नई परत खोलने का मौका समझें और काम जारी रखें। अरुचि और थकावट को नज़रअंदाज़ करके, यदि काम में जुटा जाएँ तो आप मानसिक शक्ति के महान स्रोत को पा लेंगे।

अपनी ऊर्जा की जानकारी प्राप्त कर, अब अपने कार्यों का नियोजन सही तरह से करें ताकि आप समय की दौलत को बचा पाएँ।

THREE

◆ ◆ ◆

जैसे नदी बह जाती है और लौटकर नहीं आती,
उसी प्रकार रात और दिन, मनुष्य की आयु
लेकर जाते हैं फिर नहीं आते।

- महाभारत

तेरहवाँ घंटा

कारण देने से काम पूरे नहीं होते
काम और समय के प्रति वचनबद्ध बनें

क्या हम केवल मनोरंजन खरीदकर
महँगा सौदा करते हैं?

वचनबद्धता एक ऐसा गुण है, जिसकी वजह से कार्य पूरे होने की संभावना कई गुना बढ़ जाती है। वचनबद्धता से किसी भी काम में निपुणता लाई जा सकती है क्योंकि कोई भी संस्था, कंपनी या इंसान बिना वचनबद्धता के अपने क्षेत्र में निपुण नहीं हो सकता। ऐसा कहा जाता है कि केवल १० वचनबद्ध लोग उत्तम विकास के लिए अच्छे हैं, बजाय १०० ऐसे लोगों के जो वचनबद्ध नहीं होते हैं। क्योंकि ऐसे लोग हमेशा कार्य न करने और समय न मिलने के बहाने देते रहते हैं। उनके अंदर खुद को ही हराने की यानी बहाना देने की आदत होती है।

वचनबद्धता के गुण से आप विश्वसनीय बनते हैं। आज हर जगह ऐसे लोगों की ही ज़रूरत है जो विश्वसनीय हैं क्योंकि उनकी वचनबद्धता पर उनके साथ काम करनेवालों को विश्वास होता है। जो लोग वचनबद्ध नहीं होते, वे केवल कंपनी का समय नष्ट करते हैं। ऐसे लोगों के बारे में उनके सहकर्मी सोचते हैं कि ये न हों तो अच्छा है। इनकी जगह पर किसी और को लाया जाए ताकि समय की बचत हो।

जो लोग काम को अंजाम देने में सक्षम होते हैं, उन्हीं को आगे ज़िम्मेदारियाँ दी जाती हैं क्योंकि वे अपने विश्वास के ज़रिए और वचनबद्धता के गुण की वजह से अपनी उन्नति का रास्ता खोल चुके होते हैं।

इंसान खुद को हराने के लिए, अपने अंदर बहाना देने की आदत का निर्माण करता है। जब किसी कार्य को वह अंजाम तक नहीं ले जा पाता, तब कोई न कोई बहाना देकर वह लोगों के सामने बुरा बनने से बच जाता है। कहीं लोग मुझे गलत न कहें, इस डर से उसके अंदर बहाने देने की आदत पड़ जाती है।

बहाना बनाने की आदत को स्वयं को हराने की आदत इसलिए कहा गया है क्योंकि इसमें इंसान समझ ही नहीं पाता कि वह अपना और दूसरों का कितना बड़ा नुकसान कर रहा है। इस आदत की सबसे खतरेवाली बात यह है कि उसे यह महसूस भी नहीं होता कि उसके कार्य अपूर्ण हैं। उन्हें लगता है कि उन्होंने अपनी तरफ से कार्य करने की कोशिश की थी। मगर वे यह बात समझ नहीं पाते कि कोशिश करना और कार्य का परिणाम आना ये दो अलग बातें हैं। इसे उदाहरण से समझें, जैसे बॉस ने आपको कहा कि 'फलाँ इंसान को फोन करके यह-यह संदेश दें।' आप एक बार उसे फोन करते हैं मगर किसी कारणवश वह फोन नहीं उठाता और आपको लगता है कि आपने अपना फोन करने का कार्य पूर्ण किया। बॉस के पूछने पर आप सामनेवाले के फोन न उठाने की बात बताते हैं। बॉस भी इस पर आपसे

कुछ नहीं कहता और आप दूसरी बार फोन करना टाल देते हैं।

यहाँ समझना है कि मात्र फोन करना और संदेश देना ये दो अलग बातें हैं। हम ईमानदारी से अपने आपसे पूछें तो 'क्या मुझे सौंपे गए काम को अंजाम मिला? जो संदेश पहुँचाना था, क्या वह पहुँचा?' जवाब आएगा, 'नहीं, काम तो अभी अधूरा है।' क्योंकि आपका काम संदेश देना था, न कि केवल फोन लगाना।

समझना यह है कि एक रीज़न होता है, एक रिअलीज़म होता है। यह शब्द शायद आपने पहली बार सुना होगा। रीज़न यानी ऐसा बहाना जिसे देकर इंसान काम करने से बच जाता है। रीयलिज़्म यानी ऐसा कारण जो बहाना नहीं, हकीकत होता है। जैसे कोई कहे कि 'मैं यह काम नहीं कर पाया क्योंकि जिस इंसान से काम था वह आया ही नहीं।'

उपर्युक्त बात रीज़न है या रीयलिज़्म? इसे आप ऐसे समझ सकते हैं कि यदि सामनेवाला इंसान नहीं आया परंतु आपके फोन करने पर वह आ सकता था। वह इंसान आ सकता था यदि आपने उससे गुज़ारिश की होती। वह इंसान आ सकता था यदि आपने फोन करके उसे काम को समय पर करने का महत्त्व समझाया होता। अगर आपने ऐसा करने की कोशिश ही नहीं की तो इसका अर्थ है कि आप रीज़न यानी बहाना देकर खुद भी काम करने से छूट गए। आपने बहाना देकर सोच लिया कि 'मेरी ज़िम्मेदारी तो खत्म हो गई। मुझे अच्छा बहाना मिल गया।' इसलिए अपने आपसे पूछें कि 'मैं केवल कारण दे रहा हूँ या इसके बावजूद भी यह काम हो सकता था?' यदि आपने सामनेवाले को फोन करने के बाद भी वह नहीं आया... हर संभव तरीके से आपने स्वतः काम करने की कोशिश की परंतु वह नहीं हो पाया तो यह है रीयलिज़्म।

इस तरह हम देखेंगे कि कितने सारे कार्य हमारे ऐसे कारणों की वजह से अंजाम तक नहीं पहुँच पाए हैं और हमें उनकी फिक्र तक नहीं है। हम तो कारण देकर छूट चुके हैं। हमारे अंदर खुद को हराने की आदत आ चुकी है।

मुख्य रूप से देखेंगे तो तीन तरह के कारण नज़र आएँगे।

१. बुरे कारण (बॅड रीज़न)

बुरे कारण यानी ऐसे कारण, जिन्हें सुनकर सामनेवाला भी समझ जाता है कि आप कार्य न करने का बहाना बना रहे हैं। जैसे एक इंसान ने अपने बावर्ची से पूछा, 'खाने में क्या बना रहे हो?' बावर्ची ने जवाब दिया कि 'मैं मछली बना रहा हूँ।' मालिक ने फिर कहा, 'ठीक है मछली बनाते समय उसे अच्छे से धोकर बनाना।' तब बावर्ची ने जवाब

दिया, 'मालिक, मछली को क्या धोना, वह तो पानी में ही रहती है न।'

इसे कहते हैं, बुरा कारण। काम से बचने के लिए बावर्ची ने एक अच्छा कारण दे दिया। यह एक कारण है, यह सुनते ही पता चलता है।

२. बड़े कारण (बिग रीज़न)

THREE

बड़े कारण यानी बड़े-बड़े बहाने बनाना। ऐसे कारण देने से लोग आपकी बातों से प्रभावित हो जाते हैं। जैसे हम नया साल, त्योहार या कोई खास दिन को कारण के रूप में प्रस्तुत करते हैं। उदा. कोई आपसे पूछता है कि यह काम क्यों नहीं किया? तो आप कहते हैं कि 'अब दिवाली आ रही है इसलिए मैं व्यस्त हूँ। दिवाली के बाद यह कार्य पूर्ण करूँगा।' अब यह कारण सुनकर सामनेवाला कुछ कह नहीं पाता और आप एक बड़ा कारण देकर कार्य को टाल देते हैं।

३. अच्छे कारण (गुड रीज़न)

ये ऐसे कारण होते हैं, जिन्हें आप कारण नहीं समझते मगर गौर किया जाए तो ये खूबसूरत कारण होते हैं। ऐसे कारणों की वजह से ही हमारे कई सारे काम अटके हुए हैं और हम जीवन में अपूर्णता महसूस कर रहे होते हैं। हमें ऐसे कारणों से बचना है। जैसे उदा. पिता अपने बेटे से कहता है, 'बेटा, ज़रा बत्ती तो बुझा दो' तो बेटा पिताजी से कहता है, 'पिताजी, अपनी आँखें बंद कर लीजिए और समझ जाइए कि बत्ती बुझ गई है।' फिर पिताजी बेटे से कहता है, 'अच्छा बेटा ज़रा बाहर जाकर देखो तो कहीं बारिश तो नहीं हो रही है?' इस पर बेटा पिताजी को जबाव देता है, 'पिताजी, आपके पलंग के नीचे बिल्ली आकर बैठी है, उसे छूकर देखिए, वह अभी-अभी बाहर से आई है। आपको पता चल जाएगा कि बाहर बारिश हो रही है या नहीं।' फिर से पिताजी बेटे से कहते हैं, 'बेटा ज़रा दरवाज़ा तो बंद कर दो।' इस पर बेटा पिताजी से कहता है, 'सब काम क्या मैं ही करूँ, कुछ काम आप भी कीजिए न!' अब यह कारण सुनने में कितना तर्कसंगत लगता है। इस कारण में से कोई भी गलती नहीं ढूँढ़ पाएगा मगर है तो यह कारण ही। अच्छे कारण देने की आदत ही हमारी नाकामयाबी का कारण बनती है।

हमें लगता है कि 'मेरे बहाने बहुत सही हैं' लेकिन कोई भी बहाने देने से पहले हर एक को अपने आपसे यह पूछना बहुत ज़रूरी है कि 'वाकई मैं जो बहाने दे रहा हूँ क्या वे सही हैं, क्या वे तर्कसंगत हैं? या मैं काम से बचना चाहता हूँ? क्या मुझमें जीतने की आदत है?'

जीतने की आदत

कामयाबी प्राप्त करने का सूत्र है, **'बिना कारण दिए काम को अंजाम तक पहुँचाना।'** जब हम अपने अंदर इस आदत का निर्माण कर पाएँगे तो देखेंगे कि जीवन में सफलता प्राप्त होने लगेगी। हर कामयाब इंसान के अंदर यह आदत होती है कि वह बिना कारण दिए हर परिस्थिति में ठाने हुए काम को अंजाम तक ले जाता है। अंजाम तक पहुँचाने के लिए उसे कुछ भी करना पड़े तो वह करता है। क्योंकि उसके लिए महत्वपूर्ण होता है, उस कार्य का परिणाम आना। आपने ऐसे कई उदाहरण सुने होंगे कि किसी इंसान को पढ़ना ही था तो वह रास्ते पर लगी बिजली में भी पढ़कर पास होता गया, इंजिनीयर बना, कामयाब बना इत्यादि। उसने तो कोई कारण नहीं दिया कि मेरे पास किताबें खरीदने के लिए पैसे नहीं हैं, घर में बिजली नहीं है। उसने कारण नहीं दिया क्योंकि कार्य को अंजाम तक ले जानेवाले लोग अपना रास्ता बना ही लेते हैं। नहीं करनेवाले लोगों के पास हज़ारों कारण होते हैं। हमें अपने आपसे पूछना है कि 'हम किस तरह की श्रेणी में आते हैं, कारण देनेवाले की या काम को अंजाम देनेवाले की?'

फोन का उदाहरण लें तो क्या हम एक कारण पर कार्य छोड़ देते हैं? या लगातार कोशिश करके सामनेवाले तक अपना संदेश पहुँचा ही देते हैं। वैसे ही कोई आपसे दुकान से कुछ लाने के लिए कहे और दुकान बंद हो तो भी आप दूसरी दुकान ढूँढ़कर कार्य को अंजाम तक ले जाएँ। इसमें सामान्य ज्ञान का इस्तेमाल ज़रूर करें यानी बिना किसी को नुकसान पहुँचाए कार्य को पूर्ण करें। छोटे-छोटे कामों को अंजाम देना शुरू करें ताकि हम अपनी इच्छा शक्ति और कार्य को पूर्ण करने की क्षमता को बढ़ा पाएँ।

इस आदत की वजह से हम देखेंगे कि जो वचन हम अपने आपको और दूसरों को दे रहे हैं, उसे कारण दिए बिना पूर्ण कर पा रहे हैं। हमारा वचनबद्धता का गुण बढ़ रहा है। साथ ही हमारे सारे काम सुनियोजित ढंग से और सही समय पर हो रहे हैं। अगर आपने निश्चय किया कि आप हफ्ते में कम से कम चार दिन व्यायाम करेंगे तो उसे बिना कारण दिए पूरा करें। कारण नहीं होगा तो समय अवश्य मिलेगा। आपको व्यायाम न करने के कई कारण मिल सकते हैं। जैसे घर में मेहमान का आना, ज़्यादा कार्य की वजह से थकावट होना, सुबह देर से जगना इत्यादि। परंतु आप अपनी बात पर अड़े रहें, चाहे पंद्रह मिनट के लिए क्यों न हो, व्यायाम ज़रूर करें। कई बार लोग वचन देने से घबराते हैं। निश्चय करने से डरते हैं। क्योंकि उन्हें भी कहीं न कहीं यह पता होता है कि शायद मैं इसे पूरा नहीं कर पाऊँगा। कार्य पूरा नहीं किया तो अपराध बोध की भावना जगती है और इंसान निराश

THREE

हो जाता है। अपना आत्मविश्वास खो देता है। वचनबद्ध होने से आप देखेंगे कि लोग भी आप पर विश्वास करने लगे हैं। आपका आत्मविश्वास भी बढ़ने लगा।

किसी शिष्य ने अपने गुरुजी को बताया, 'मैं बारहवीं में पढ़ रहा हूँ। इस वजह से मेरे पास ध्यान करने का समय नहीं है। मैं समय कैसे निकालूँ?'

इस पर गुरुजी ने उससे सवाल पूछा, 'तुम सुबह कितने बजे उठते हो?'

उसने बताया, 'सुबह ७ बजे'

गुरुजी ने उससे कहा, 'रोज़ सुबह ७ बजे उठो परंतु अपने मन को बताओ कि मैं आज ७ बजकर १५ मिनट पर उठा हूँ।'

गुरुजी की यह बात शिष्य को समझ में नहीं आई। गुरुजी ने उसे समझाते हुए कहा, 'यदि तुम किसी दिन १ घंटा देरी से उठे तो वह समय तो नष्ट हो जाता है। उसी तरह तुम ७ बजे उठकर, १५ मिनट ध्यान के लिए बैठ जाओ। ऐसा समझो कि तुम ७ बजकर १५ मिनट पर उठे हो। इस तरह तुम ध्यान भी कर पाओगे और मन के बहानों से भी बच पाओगे।'

इस तरह आपको प्रशिक्षित इंसान बनना है, जो बहानों में बहता नहीं बल्कि तैरकर बाहर निकल आता है। प्रशिक्षित बनने के लिए आपको आत्मनिरीक्षण करना होगा और स्वयं से ईमानदारी से पूछना होगा, 'मैं जो बहाना दे रहा हूँ, वह रीज़न है या यह रीयलिज़्म है? मैं जो कह रहा हूँ वाकई वैसा ही है या मैं कार्य नहीं करना चाहता?' अगर जवाब आता है कि 'कार्य को अंजाम देना है' तो आपको दिक्कतों के बावजूद, बिना कारण दिए कठिन कार्य को भी पूर्ण कर लेना है। सोने को अगर आग में तपाया जाए तो वह कुंदन बनता है क्योंकि उसने उतना कष्ट सहा है। इसी तरह आप भी यदि बिना कारण दिए कोई कार्य पूरा करने की ठान लें तो कुछ समय बाद सोने की तरह निखरकर खरे बन जाएँगे। काम को अंजाम देना ही हमारे अंदर अच्छी और पूर्णता की भावना का निर्माण करता है। यही भावना हमें समय का अमीर बनाती है।

◆ ◆ ◆

क्या आप ज़िंदगी से प्रेम करते हैं? तो फिर समय बर्बाद न करें,
क्योंकि ज़िंदगी इसी से बनी है।

- बेंजामिन फ्रैंकलिन

चौदहवाँ घंटा

अपूर्ण कार्यों को समय दें
समय के आत्मसुझाव

यह सवाल पूछने की आदत डालना महत्वपूर्ण है कि 'मैं आज क्या हासिल करना चाहता हूँ?'

१. कुछ नहीं   २. सब कुछ   ३. कुछ-कुछ
४. बहुत कुछ   ५. अंकुश

समय नियोजन के नियम

आपके समय व कार्य नियोजन में आपके विचार व इंटेन्शन एक बड़ी भूमिका अदा करते हैं। आपके हर कार्य के पीछे कोई न कोई विचार व भाव जुड़े होते हैं। भाव अदृश्य होते हैं इसलिए इंसान उन्हें समझ नहीं पाता। जैसे यदि आप कोई कार्य करते हुए यह भावना रखते हैं कि यह कार्य कठिन है... समय पर पूर्ण नहीं होगा... कार्य बहुत बोरिंग है... इत्यादि। तब इन भावनाओं का असर आपके कार्य पर होता है।

इंसान अपने कार्यों को जल्दी निपटाने में लगा रहता है लेकिन अपनी अदृश्य भावनाओं पर कभी ध्यान नहीं देता। पहले तो उसे अपनी भावनाओं पर कार्य करना होगा ताकि समय की बचत हो और कार्य सही ढंग से पूर्ण हो। इसके लिए उसे अपने हर कार्य के पीछे की भावनाओं को जानना होगा, साथ ही अपने नकारात्मक विचारों को बदलना होगा। उदा. जैसे एक इंसान सुबह उठकर यह विचार रखे कि 'आज का दिन तो बहुत सुस्त है... आज काम पूरे होने की संभावना नज़र नहीं आ रही है।' तो उसका दिन वैसे ही बीतता है, जैसी उसके विचार व भावनाएँ होंगी। ऐसी भावनाओं को बदलकर उसे ये विचार रखने चाहिए कि 'आज मैं महत्वपूर्ण कार्यों को समय पर अंजाम तक पहुँचाऊँगा... आज मैं पूरी तरह से चुस्त महसूस कर रहा हूँ इसलिए मेरे लिए यह कर पाना संभव है।'

विचार बदलकर, सही भावना रखकर देखेंगे तो आप अपनी दिनचर्या में बड़ा परिवर्तन महसूस कर पाएँगे। कई बार हम विचार नहीं बदलते क्योंकि हमें इसके लाभ पता नहीं होते। हमें लगता है कि सकारात्मक विचार रखने का क्या फायदा है। मगर जब आप यह करके देखेंगे तभी उसके फल का आनंद ले पाएँगे। क्योंकि यह सब अदृश्य में चल रहा है। हम हर दिन या हर हफ्ते एक नया इंटेन्शन लेकर अपने समय नियोजन पर काम कर सकते हैं। जैसे आप यह इंटेन्शन रख सकते हैं कि 'इस हफ्ते हम टी.वी. देखने में ज़्यादा समय बरबाद नहीं करेंगे, अनावश्यक बातें करके अपना और दूसरों का समय व्यर्थ नहीं गँवाएँगे।' इस इंटेन्शन के साथ आप देखेंगे कि स्वतः ही आपका ध्यान टी.वी. देखना या व्यर्थ बातें करने से हटने लगा है।

शुरुआत हम एक इंटेन्शन से करेंगे। फिर जैसे ही साहस और विश्वास बढ़ेगा हम जीवन के बड़े-बड़े इंटेन्शन लेकर उसे एक नई दिशा दे पाएँगे।

सकारात्मक वाक्य दोहराएँ :

आप आत्मसुझाव का उपयोग समय व कार्य नियोजन के लिए भी कर सकते हैं। आज की तारीख में आपके समय के प्रति कौन से नकारात्मक विचार होते हैं, उन्हें पहचानें और सकारात्मक विचारों में रूपांतरित करें। कुछ सकारात्मक आत्मसुझाव उदा. के तौर पर नीचे दिए गए हैं।

१. मैं पूर्ण हूँ, मेरे सारे कार्य समय पर पूर्ण होते हैं।
२. समय मेरा मित्र है, मुझे भरपूर सहयोग करता है।

३. समय भरपूर है इसलिए मेरे सारे कार्य समय पर होते हैं।
४. मैं समय प्रबंधन में कुशल हूँ।
५. मैं अपने जीवन के सभी क्षेत्रों को प्रभावशाली तरीके से प्रबंधन करता हूँ।
६. समय प्रबंधन करना मुझे आसान लगता है।
७. मैं प्रभावी ढंग से अपने समय के प्रबंधन के लिए प्रतिबद्ध हूँ।
८. मेरा समय और जीवन मेरे नियंत्रण में है।
९. मैं अच्छा आयोजनकर्ता हूँ और हमेशा समय का ध्यान रखता हूँ।
१०. मैं स्वाभाविक रूप से समय नियोजन कर पाता हूँ।

इसमें से आप कोई भी आत्मसुझाव चुन लें जो आपके नकारात्मक सोच के विरुद्ध है। आप स्वयं भी अपने लिए एक नया आत्मसुझाव बना सकते हैं। यह याद रखें कि इन्हें दोहराते समय आपकी भावनाएँ और विश्वास आत्मसुझाव के साथ जुड़े हों। यह तब तक दोहराते रहें, जब तक कि यह आपके स्वभाव में नहीं आ जाता।

पूर्णता की भावना का महत्त्व :

एक बार शिष्य ने अपने गुरुजी को अपनी समस्या बताते हुए कहा, 'गुरुजी मैं कामों को शुरू तो कर देता हूँ परंतु उसके बाद मेरा जोश ठंडा पड़ जाता है और उन कामों को मैं अधूरा ही छोड़ देता हूँ। ऐसा क्यों होता है?'

इस पर गुरुजी ने उसे समझाते हुए कहा, 'हर बार स्वयं को यह याद दिलाते रहो कि तुमने किस उद्देश्य और किस भावना से काम की शुरुआत की थी? जब वह भावना और उद्देश्य फिर से स्पष्ट दिखाई देगा तो तुम्हारी ऊर्जा बढ़ जाएगी। इस तरह तुम्हारे काम पूर्ण होने लगेंगे।

साथ ही यह मनन भी करो कि यह वृत्ति मुझमें क्यों आई है? इस वृत्ति की जड़ पता चल गई तो आप इससे मुक्त हो जाएँगे।'

विश्व में कोई भी इंसान यह नहीं चाहता कि उसके काम अधूरे रहें इसलिए कार्य को पूर्ण करने की आदत का निर्माण करना है। जिसके लिए हम सवालों की शक्ति का लाभ ले सकते हैं। हर रात पूछा गया एक छोटा सा सवाल छोटे-छोटे कामों को पूर्णता दे सकता है।

सोचकर देखें कि आपके जीवन में ऐसे कौन से कार्य हैं, जिन्हें आप अभी तक सही अंजाम नहीं दे पाए हैं? उन्हें अंजाम तक पहुँचाना है, इसका दृढ़ निश्चय करते हुए आगे बढ़ें। **काम पूजा है, बोझ नहीं और न ही केवल कर्तव्य**- यह भी बात ध्यान में रखें।

क्या रात को आपको कामों को जैसे के वैसे छोड़कर सीधा बिस्तर पर जाकर सोने की आदत है? अगर 'हाँ' तो हर रात सोने से पहले अपने आपसे एक सवाल पूछने का नियम बनाएँ, **'सोने से पहले ऐसा कौन सा छोटा सा कार्य है, जिसे मैं इस वक्त**

THREE

पूर्ण कर सकता हूँ?' यह सवाल पूछते ही आपको छोटे-छोटे कार्य याद आएँगे, जैसे चीज़ों को जगह पर रखना, एखादा ई-मेल पढ़ना या भेजना, किसी को फोन पर संदेश देना है, सुबह ऑफिस की तैयारी करके रखना, सुबह बनाने के लिए कुछ भिगाकर रखना, दो मिनट ध्यान या प्रार्थना करना इत्यादि। रात को सोने के पहले, मात्र पाँच मिनट ऐसे कामों पर खर्च करके आप सुबह की भागमभाग से बचकर, घंटों का नुकसान करने से बच सकते हैं। इन कार्यों को करने से आप देखेंगे कि छोटी-छोटी बातों में पूर्णता आने लगी। यही आदत आगे चलकर बड़े-बड़े कार्यों को भी पूर्णता लाने में मदद करेगी।

अपूर्ण कार्यों को पूर्ण करने के बाद ही आप पूर्णता का एहसास कर पाते हैं वरना इंसान के मन में अंतिम समय तक अपूर्णता का भाव रहता है। इंसान जीवन में चाहे कितने भी कार्य कर ले मगर मरते वक्त कुछ न कुछ अपूर्ण छोड़कर ही जाता है। इसलिए हर कार्य को जीवन रहते ही पूर्ण करने का महत्त्व समझें ताकि हम जीवन में संतुष्टि प्राप्त कर पाएँ।

अपूर्ण कार्यों के कारण आपके दिमाग में कई विचार कौंधते रहते हैं, जो आपका पीछा नहीं छोड़ते। आपका मन भूत और भविष्य में भटकता रहता है, वर्तमान में नहीं रह पाता। ऐसे विचार हमारा काफी समय भी नष्ट कर देते हैं। ऐसे में न कोई काम हो पाता है और न ही कुछ नया करने की इच्छा होती है।

मन भूतकाल में इसलिए जाता है क्योंकि वहाँ पर कुछ अधूरापन है जो उसे खटकता रहता है। जैसे कुछ घटनाएँ उसे याद आते ही उसका मन कहता है कि "काश! उस वक्त मैंने ऐसा किया होता... यह बोला होता... वह बोला होता... उसे यह कार्य करके दिखा दिया होता। उस वक्त मैंने फलाँ प्रशिक्षण लिया होता... कोई कोर्स किया होता तो आज मुझे अच्छी नौकरी मिली होती इत्यादि।" इस तरह आप देखेंगे कि बचपन से लेकर हमारे जीवन में कितना कुछ हुआ है जो अपूर्ण है और पीछा नहीं छोड़ रहा है। उसी का बोझ हम कंधों पर लिए घुम रहे हैं।

ऐसी अपूर्णता के कारण मन भविष्य में शेखचिल्ली की तरह खयाली पुलाव पकाता है, 'मैं ऐसे अपनी इच्छाओं को पूर्ण करूँगा... मेरे कार्य इस तरह पूर्ण हो जाएँगे... मैं ऐसे करूँगा तो सब कुछ ठीक हो जाएगा...।' वर्तमान में पूर्णता महसूस नहीं होती क्योंकि मन हमेशा भागता रहता है। अगर वर्तमान में पूर्णता मिल जाए तो मन को फिर कहीं जाने की ज़रूरत नहीं है।

काम शुरू करने का अपना एक महत्त्व है मगर उसे पूर्ण करना भी उतना ही महत्वपूर्ण है। हाथ में लिए गए काम को समय पर पूर्ण करनेवाला इंसान ही जीवन में आगे बढ़ता है और विकास करता है। इसलिए आज से ही अपूर्ण चीज़ों को पूर्ण करना शुरू कर दें।

खण्ड ४
समय की छोटी बचत
बड़ा फायदा

FOUR

पंद्रहवाँ घंटा

'थोड़े' समय में ज़्यादा कामों का फायदा

छोटी मगर दमदार शुरुआत

FOUR

यथार्थवादी (प्रैक्टीकल) से १%
ज़्यादा का लक्ष्य बनाएँ।

जैसे बूँद-बूँद से सागर भरता है, वैसे ही समय की छोटी-छोटी बचत से आप समय के अमीर बन सकते हैं। कई सारे कार्यों को केवल थोड़ा सा समय देकर कैसे पूर्ण किया जा सकता है, आइए, समझते हैं।

अकसर लोगों की यह समस्या होती है कि 'मेरे पास बहुत काम हैं पर मैं सभी पर एक साथ कैसे काम करूँ?' उनके पास करने के लिए कई सारे प्रोजेक्ट होते हैं। परंतु किसी एक महत्वपूर्ण और अर्जंट प्रोजेक्ट के चलते वे दूसरे महत्वपूर्ण प्रोजेक्ट्स की ओर ध्यान नहीं दे पाते, उनके लिए समय नहीं निकाल पाते। कई ज़िम्मेदारियों के बीच जब किसी कार्य को समय नहीं दिया जाता तो इंसान बेचैनी महसूस करता है। बेचैनी महसूस करने के बजाय यदि समय नियोजन किया जाए तो महत्वपूर्ण कार्यों को भी समय दिया जा सकता है।

कई लोग कार्य इसलिए शुरू नहीं कर पाते क्योंकि वे सोचते हैं कि कार्य शुरू करने से पहले उनके अंदर उसे करने की इच्छा, मूड या भावना आनी चाहिए। जब तक उनमें काम करने की भावना नहीं आती तब तक वे काम शुरू नहीं करते। भावना का इंतज़ार करने के बजाय वे यह हकीकत जानें कि 'कर्म, भावना का अनुगामी (चालक) है यानी कर्म और भावना साथ-साथ चलते हैं।' कर्म को नियमित करके हम अपनी भावना को भी नियमित कर सकते हैं। कार्य को शुरू कर देने से उस कार्य को पूर्ण करने की भावना आपने आप आ जाती है। कार्य करना हमारे नियंत्रण में होता है। जबकि भावना लाना हमारे नियंत्रण में नहीं होता। इसलिए भावना का इंतज़ार न करते बैठें, कार्य शुरू कर दें। कार्य शुरू करने के लिए नीचे दी गई तकनीक का उपयोग करें।

बड़ी ज़िम्मेदारी उठाने का राज़, 'थोड़ा मगर आज'

मशहूर कहावत है कि "बूँद बूँद से सागर भरता है"। इस कहावत को आप कार्यों के साथ भी जोड़ सकते हैं।

कार्य शुरू करने के लिए हमें यह समझना है कि कैसे रोज़ थोड़ा-थोड़ा करके कार्यों को पूर्ण किया जा सकता है। अगर आप दिन के पाँच से दस मिनट भी एक महत्वपूर्ण प्रोजेक्ट पर देते हैं तो वह प्रोजेक्ट आगे बढ़ता है।

जैसे बाल गंगाधर टिळक ने जेल में रोज़ थोड़ा-थोड़ा समय देकर "गीता रहस्य" लिख लिया। वहीं साने गुरुजी ने रोज़ कुछ समय देकर, "श्यामची आई"

यह ग्रंथ पूरा कर लिया। इन्होंने सही जगह, मूड या समय का इंतज़ार नहीं किया बल्कि जहाँ थे, वहीं पर ग्रंथ की रचना कर दी।

'आज समय नहीं है या मूड नहीं है', यह सोचकर हम कार्य शुरू ही नहीं करते। 'मगर समय और मूड न होने के बावजूद भी 'क्या मैं इस प्रोजेक्ट के लिए दस मिनट दे सकता हूँ?' यह सवाल अपने आपसे करें। ज़्यादातर जवाब 'हाँ' में आएगा और आप उस काम को आगे बढ़ाने के लिए थोड़ा समय दे पाएँगे। इस तरह रोज़ थोड़ा-थोड़ा समय देकर आप महत्वपूर्ण प्रोजेक्ट को अंजाम तक ले जा पाएँगे। यह समझना ज़रूरी है कि चाहे हम किसी प्रोजेक्ट को थोड़ा समय दे रहे हैं मगर वह समय रोज़ देना आवश्यक है। इस तकनीक को याद रखने के लिए आप एक मंत्र दोहरा सकते हैं, 'थोड़ा मगर आज'। यह एक प्रभावशाली मंत्र साबित हो सकता है। इस मंत्र से आपके कार्य में निरंतरता बनी रहेगी।

इंसान उपलब्धियाँ पाने की चाहत रखता है मगर उसे पता नहीं है कि उन्हें कैसे अंजाम तक ले जाया जाए। उनके लिए यह छोटा मंत्र बड़े रहस्य समान है। इसका अर्थ यह भी है कि हम आज से ही इस पुस्तक में दिए गए मंत्र का उपयोग करेंगे, चाहे थोड़ा सा ही क्यों न हो। आपने अंग्रेजी की यह कहावत सुनी होगी, 'You can eat an elephant provided it is cut into small pieces.' जिसका अर्थ है, आप एक पूरा हाथी भी खा सकते हैं, शर्त यह है कि वह छोटे-छोटे टुकड़ों में काटा गया हो। इस कहावत का अर्थ है कि ज़िम्मेदारी चाहे कितनी भी बड़ी क्यों न हो, काम कितना भी ज़्यादा क्यों न हो, अगर उसे थोड़ा-थोड़ा करके किया जाए तो बड़े से बड़ा कार्य भी आसानी से किया जा सकता है। किसी बड़ी ज़िम्मेदारी को एक साथ पूरा करने के बजाय हर दिन थोड़ा-थोड़ा करके किया जाना चाहिए।

यदि आप कोई पुस्तक पढ़ना चाहते हैं तो रोज़ एक अध्याय पढ़ने का निर्णय लें।

यदि आप पुस्तक लिखना चाहते हैं तो रोज़ एक पन्ना लिखने का निर्णय लें।

यदि आप घर की सफाई करना चाहते हैं तो रोज़ घर का एक कोना साफ करने का निर्णय लें।

इस तरह आप हर कार्य के साथ थोड़ा मगर आज की तकनीक को जोड़ें। कुछ समय बाद आपको स्वयं आश्चर्य होगा कि कैसे आपके कई काम पूर्ण हो चुके हैं।

आज ही अपने कुछ विचारों, क्रियाओं, आदतों, अवगुणों, व्यवहारों को देखना शुरू करें। थोड़ा करें लेकिन आज ही करें।

थोड़ा और करें

'थोड़ा और करें' का अर्थ है कि हम रोज़ थोड़ा-थोड़ा करके अपने कार्य करने की क्षमता बढ़ाएँ। उदा. आपने एक घंटा पढ़ाई की या कोई काम किया तो एक घंटे के बाद आप थकावट महसूस करने लगते हैं। यह मानकर कि शायद हमने बहुत ज़्यादा काम कर लिया, आप काम करना बंद कर देते हैं। काम बंद करने से पहले अपने आपसे पूछें कि 'क्या मैं और पाँच मिनट यह काम कर सकता हूँ?' अगर जवाब में आपका काम करने का मूड नहीं बन रहा है तो अपने आपसे कहें कि 'मैं यह काम अपने गुणों को बढ़ाने और अपनी अभिव्यक्ति के लिए करने जा रहा हूँ।' तो तुरंत आपके व्यवहार में बदलाहट आएगी और आप उस काम को और पाँच मिनट कर पाएँगे। इस तरह आप अपने कार्य करने की क्षमता बढ़ा पाएँगे। अगर इस तरह का दृष्टिकोण हम अपने जीवन में रख पाते हैं तो थोड़ा-थोड़ा करके हमारे जीवन में बहुत बड़ा परिवर्तन आ सकता है।

FOUR

दिनभर के प्राथमिकता के काम पूर्ण होने के बाद, सोने से पहले स्वयं से एक सवाल पूछें, 'क्या मैं अपने लक्ष्य से संबंधित एक काम और कर सकता हूँ?' यदि जवाब आए, 'हाँ' तो वह एक काम अवश्य करके जाएँ। लक्ष्य से संबंधित एक दिन में एक कार्य करना, बीज पर रोज़ पानी डालने जैसा है। थोड़ा-थोड़ा काम रोज़ करेंगे तो देखते ही देखते आपका लक्ष्य 'भव्य पेड़' का रूप ले लेगा, जिससे आपको आवश्यक छाँव व फल प्राप्त होंगे।

सोलहवाँ घंटा

दो मिनट तकनीक

मिनटों का चमत्कार

FOUR

सचेतना सूत्र : काम के दौरान हमें उसमें
पूरी तरह मौजूद होना चाहिए।
(Mindfulness, Remindfulness, Playfulness)

जो काम आज टाले जाते हैं, वे भविष्य में हमारा बड़ा समय ले लेते हैं। प्रस्तुत तकनीक आपके भविष्य के उस समय को आज बचाती है। इस तकनीक को दो भागों में समझें।

भाग १– अगर कोई भी कार्य करने में दो मिनट या दो मिनट से कम समय लगता है तो उसे तुरंत करें।

यह मशहूर ऑथर 'डेविड ऑलन्स' की पुस्तक 'गेटिंग थींग्ज डन' से लिया गया है। यह आश्चर्य की बात है कि हम जिन कामों को टालते हैं, उन्हें करने में कई बार दो मिनट से भी कम समय की आवश्यकता होती है। जैसे अपनी चीज़ों को जगह पर रखना, किसी को संदेश भेजना, अपने कपड़ों को सही सलीके से अलमारी में रखना, टेबल पर बिखरी हुई चीज़ों को संजोकर रखना, किसी को छोटे से जवाबों की ज़रूरत है तो तुरंत देना इत्यादि। आप देखेंगे कि उपर्युक्त दिए गए कार्यों को करने में दो मिनट या उससे कम समय ही लगते हैं। फिर भी हम इन कामों को टालते रहते हैं।

FOUR

पहले हिस्से में हमें यही रहस्य समझना है कि दो मिनट या दो मिनट से कम समय लगनेवाले कार्य को तुरंत किया जाए, नहीं तो यही छोटे-छोटे कार्य एक बड़ा रूप ले लेते हैं।

अगली बार जब आप किसी कार्य को कल पर टाल रहे हैं तो तुरंत अपने आपसे पूछें, **'इस कार्य को करने में मुझे कितना समय लगेगा?'** अगर जवाब 'एक या दो मिनट' में आता है तो आप उसी वक्त उस कार्य को पूर्ण करना चाहेंगे। इस तरह आप अपने कार्य को टालने और आलस्य की आदत से मुक्ति पा सकते हैं।

एक और छोटा सा सवाल आपको दो मिनट में सही ट्रॅक पर ला सकता है, **'मेरे समय का बेहतरीन इस्तेमाल इस वक्त कैसे हो सकता है?'** जब भी याद आए, इस सवाल पर एक मिनट मनन करने से आपका कार्य सही ट्रॅक पर आ जाएगा।

भाग २– जब आप कोई नई आदत का निर्माण कर रहे हैं तो उसे दो मिनट से कम समय लगना चाहिए।

क्या हमारे सारे लक्ष्य दो मिनट में पूरे हो सकते हैं? आप कहेंगे, 'नहीं।' मगर क्या हर लक्ष्य की शुरुआत दो मिनट की क्रिया से हो सकती है, तब आप कहेंगे, 'हाँ ज़रूर।' जो भी लोग अपने लक्ष्य को प्राप्त कर पाते हैं, उन्होंने कभी न कभी उसकी शुरुआत ज़रूर की होती है। हमें भी अपने लक्ष्य की तरफ एक कदम बढ़ाने की शुरुआत, आज से ही करनी है।

कोई भी आदत निर्माण करने और लक्ष्य प्राप्त करने के लिए आवश्यक है, उसकी शुरुआत करना। शुरुआत करके उसमें निरंतरता रखना भी महत्वपूर्ण है। कई बार यह ज़रूरी नहीं होता कि हमने वह काम किस प्रकार किया बल्कि हममें एक आदत का निर्माण हुआ यह महत्वपूर्ण होता है। एक बार वह कार्य करने की आदत लग जाने से आप देखेंगे कि कार्य करते-करते कुछ ही दिनों में उस कार्य में निपुणता भी आ जाती है।

दो मिनट तकनीक में उस कार्य के परिणाम से ज़्यादा उसकी प्रक्रिया महत्वपूर्ण है। यह तकनीक ऐसे लोगों को ज़्यादा लाभ देगी जिनके लिए लक्ष्य से ज़्यादा मुख्य है लक्ष्य तक पहुँचने की प्रकिया से गुज़रना। इस तकनीक का केंद्रबिंदु यह है कि 'कार्य की शुरुआत करना और उसे निरंतरता से करते रहना।'

अगली बार जब आप किसी आदत का निर्माण करना चाहेंगे, तब अपने आपसे पूछे कि 'ऐसी कौन सी क्रिया है, जिसे दो मिनट या उससे कम समय में किया जा सकता है।' उदा. अगर आप व्यायाम करने की आदत का निर्माण करना चाहते हैं तो अपने आपसे पूछें, 'कौन सा व्यायाम करने में दो मिनट या उससे कम समय लगता है?' आपको अलग-अलग जवाब आ सकते हैं, जैसे गर्दन, आँखों, हाथों इत्यादि का व्यायाम दो मिनट में किया जा सकता है। ऐसे व्यायाम से आप शुरुआत कर सकते हैं। धीरे-धीरे समय को बढ़ाते जाएँ।

FOUR

दो मिनट तकनीक का प्राकृतिक कारण है, प्रसिद्ध शास्त्रज्ञ न्यूटन की खोज। उन्होंने यह नियम खोज निकाला कि **'जो चीज़ें गति से चलती हैं, उनमें गति बनी रहती है और जिनमें ठहराव है, उनमें ठहराव बना रहता है।'** यह नियम जिस तरह वस्तुओं पर काम करता है, उसी तरह इंसानों पर भी कार्य करता है।

एक बार इंसान क्रिया की शुरुआत करता है तो वह उसे जारी भी रखना चाहता है। यह तकनीक छोटे या बड़े लक्ष्य को पाने में कारगर सिद्ध होती है। कुछ लोगों को केवल कार्य की शुरुआत करने में दिक्कत होती है मगर एक बार कार्य की शुरुआत हो गई तो वे निरंतरता से उसे पूरा भी कर पाते हैं।

इस तकनीक का उपयोग कैसे करें (उदाहरण) -

१. अगर आप आरोग्यदायी खाना खाने की आदत का निर्माण करना चाहते हैं तो शुरुआत केवल एक फल खाकर करें। दिन में एक फल भी आपको स्वास्थ्यदायी खाना खाने की प्रेरणा दे सकता है।

२. अगर आप पठन की शुरुआत करना चाहते हैं तो केवल एक पन्ना पढ़ने से शुरुआत करें।

३. अगर आप लेखन की शुरुआत करना चाहते हैं तो हर दिन केवल दो पंक्तियाँ लिखने की शुरुआत करें।

४. अगर सुबह टहलने जाने की शुरुआत करना चाहते हैं तो टैरेस या बड़े कमरे में ही दो मिनट के लिए टहलना शुरू करें।

इस तरह आप दो मिनट तकनीक का इस्तेमाल करके अपने समय और ऊर्जा की बचत कर, समय संपन्न बन सकते हैं।

◆ ◆ ◆

मैं सलाह दूँगा कि आप अपने मिनटों का ख़याल रखें,
घंटे अपनी चिंता ख़ुद कर लेंगे।

- लॉर्ड चेस्टरफील्ड

खण्ड ५
समय की बड़ी बचत
गहरा फायदा

FIVE

सतरहवाँ घंटा

कार्य सौंपकर समय पाएँ
भविष्य की बचत

दूसरों के नाटक में शामिल होने
से बचें तो समय बचेगा।

लोगों से काम मत करवाओ, काम के लिए योग्य लोग खोजो। यदि योग्य लोग न मिलें तो लोगों को योग्य बनाओ। कार्य किसी योग्य को सौंपना हर एक के लिए आसान नहीं होता। लोग अपनी कई मान्यताओं के चलते, सही तरीके से काम सौंप नहीं पाते। दरअसल कार्य सौंपकर आप अपना बड़ा समय बचा सकते हैं। इसलिए कार्य सौंपने को, 'समय बचत के बड़े कारकों' में रखा गया है। अपना बड़ा समय बचाने के लिए आइए, इसे समझें।

क्या आप अपने कार्य को लेकर तनाव महसूस करते हैं? क्या आप कार्य का भार महसूस करते हैं? क्या आपके पास लोग होते हुए भी आप उन्हें काम सौंप नहीं पाते? क्या आप हर काम स्वयं ही करना चाहते हैं? अगर ऐसा है तो आपको कार्य सौंपने की कला सीखनी चाहिए।

जैसे आप विश्वसनीय बन रहे हैं, लोगों को भी विश्वसनीय बनने में मदद करें। आप लोगों पर विश्वास रखकर उन्हें कार्य सौंपें ताकि वे अपनी कार्यक्षमता बढ़ा पाएँ। कई बार हम अपना कार्य दूसरों को नहीं सौंपते क्योंकि इसके लिए हमें प्रयास करना पड़ता है, दूसरों को प्रशिक्षण देने के लिए समय देना पड़ता है। हमें अपना कार्य खुद ही करना आसान लगता है। हमें यह भी लगता है कि हम ही कार्य को जल्दी और सही तरीके से पूरा कर पाएँगे। जैसे आपको अगर कोई प्रेजेंटेशन बनाना है तो आप उसे स्वयं बनाना पसंद करते हैं क्योंकि आप उस विषय को गहराई से और अच्छी तरह समझते हैं। यही कार्य किसी और को सौंपने में आपको दिक्कत महसूस होती है क्योंकि उसे आपको समय देकर समझाना होगा कि आप किस तरह का प्रेजेंटेशन चाहते हैं। आपके अनुसार यह समय की बरबादी है। परंतु यदि सही दृष्टिकोण से देखा जाए तो यह समय की बड़ी बचत है। आज आप सामनेवाले को जो समय देंगे, भविष्य के कामों के लिए वह लाभदायी साबित हो सकता है। इससे आपको दो फायदे हो सकते हैं।

FIVE

१. आप अपना कौशल बेहतर रणनीति विकसित करने में या प्रेजेंटेशन को बेहतर बनाने में लगा सकते हैं।

२. आप लोगों में कौशल व क्षमता का विकास करने में निमित्त बनते हैं। जिस वजह से अगली बार आपको उन्हें कम समय देना पड़ेगा और वे अधिक बेहतर कार्य करके दिखाएँगे।

कार्य सौंपने की वजह से आप दूसरों को आगे बढ़ने और संगठन में अपनी पूरी

क्षमता का उपयोग करने का मौका देते हैं। साथ ही अपने समय की बचत कर पाते हैं।

वरजिन ग्रुप को बनानेवाले रिचर्ड ब्रॅनसन मानते हैं कि कार्यों को सौंपने के कारण वे अपने ऑफिस से निकलकर बड़े कार्य कर पाए हैं। वे मानते हैं कि केवल ई-मेल का जवाब देने से अधिक महत्वपूर्ण है लोगों से बातचीत करना। कार्यों को सौंपने के कारण, वे अपने समय को लोगों से मिलने में लगाते हैं, उनसे बातचीत करते हैं। साथ ही वे कहते हैं कि वे अपने बचे हुए समय को व्यायाम करने व अपने विचारों को लिखने में लगाते हैं।

अपना प्रतिनिधि तैयार करें :

अपने सहकर्मियों को या किसी अन्य को कोई काम पूरा करने की ज़िम्मेदारी सौंपने का अर्थ है, अपना प्रतिनिधि तैयार करना। आम तौर पर लोग दूसरों को शब्दों में काम समझाते हैं और उन पर ज़िम्मेदारी सौंप देते हैं, जबकि यह प्रभावी तरीका नहीं है। जब हम शब्दों में (बिना लिखे) कोई कार्य अपने सहकर्मी को देते हैं तो उसमें कई सारी गड़बड़ियाँ होने की संभावना रहती है- जैसे सामनेवाले ने आपकी बात को ठीक से सुना व समझा न हो... कुछ समय बाद वह कार्य भूल गया... आप कार्य को ठीक से समझा नहीं पाए इत्यादि। ऐसी गड़बड़ियों से बचने के लिए लिखित रूप में कार्यों को सौंपें।

आगे आपको कार्य सौंपने के बहुत ही महत्वपूर्ण कदम बताए जा रहे हैं। एक पेन व पेपर लेकर बैठें और आगे दिए गए कदमों को समझें।

FIVE

१. अपने कर्मचारियों की सूची बनाएँ व उनके सामने पाँच भाग बना लें।

२. फिर हर कर्मचारी के नाम के आगे, पहले भाग में उनके 'हुनर व गुण' लिखें। यहाँ आपको वह हुनर लिखना है, जो काम को पूरा करने के लिए ज़रूरी है। उदाहरण के तौर पर अगर आप किसी को पुस्तक की सजावट का काम दे रहे हैं तो आप इस कॉलम में लिखें कि इस इंसान में कंप्यूटर पर **पुस्तक की सजावट** करने का हुनर है। वैसे ही किसी को अकाउंट्स का कार्य दे रहे हैं तो उसमें '**टैली**' में काम करने का हुनर है इत्यादि।

३. इसके बाद दूसरा भाग बनाएँ 'विशेष कार्यों' का। इसमें आपको लिखना है कि आप उसे क्या विशेष काम दे रहे हैं। उदाहरण के तौर पर अगर आप उसे अपनी कंपनी में उत्पादन योजना तैयार करने का काम देते हैं तो यह बात आप उस कर्मचारी के नाम के साथ लिखें।

४. तीसरा भाग बनाएँ 'समय सीमा' का। यह सबसे महत्वपूर्ण कॉलम है। आपने अपने कर्मचारी को जो भी काम करने के लिए दिया है, अगर उसे पूरा करने का कोई निर्धारित समय नहीं है या कोई नंबर नहीं है तो वह काम कभी पूरा नहीं होगा। जब आपके लक्ष्य के साथ कोई नंबर जुड़ जाता है तो वह लक्ष्य और स्पष्ट हो जाता है।

उदाहरण के तौर पर जब कोई स्वास्थ्य संबंधित लक्ष्य लेता है तो उन्हें अपने आपसे पूछना है कि 'स्वास्थ्य को लेकर मेरा लक्ष्य क्या है?' अगर जवाब आता है कि 'मैं स्वस्थ होना चाहता हूँ।' तो यह एक अस्पष्ट लक्ष्य है। और अगर कोई कहता है कि 'मैं पाँच किलो वज़न कम करना चाहता हूँ' तो यह एक स्पष्ट लक्ष्य है क्योंकि इस लक्ष्य में एक नंबर है।

इसी तरह अगर आप अपने कर्मचारी से कहते हैं कि 'नए ग्राहक बनाने के लिए दिनभर फोन कॉल्स करो।' यह अस्पष्ट लक्ष्य है। ऐसे में जब आप शाम को कर्मचारी से पूछेंगे कि 'तुमने कितने लोगों को कॉल किए?' तो वह आपको बताएगा कि 'मैंने पाँच लोगों को फोन किया लेकिन उनमें से किसी ने भी फोन नहीं उठाया।' अब आप सोचकर देखें कि क्या इस तरह काम देने से आपका नए ग्राहक बनाने का लक्ष्य पूरा होगा? इसीलिए ज़िम्मेदारी सौंपते वक्त आपको उसे बताना होगा कि 'तुम्हें हर दिन कम से कम पंद्रह ग्राहकों से बातचीत करनी होगी। इसके लिए अगर तुम्हें तीस-चालीस लोगों को कॉल भी करना पड़े तो करो।' यह एक स्पष्ट लक्ष्य होने की वजह से ग्राहक बनाने की संभावना बढ़ जाती है।

FIVE

एक बार एक प्रयोग किया गया। इस प्रयोग का उद्देश्य था, लक्ष्य में नंबर का महत्त्व समझना। इसके लिए कुछ लोगों के एक समूह को खेल के मैदान में बुलाकर कहा गया कि 'आप सब मैदान के चक्कर लगाना शुरू करें और जब आप थक जाएँ तो हमें बताएँ।' फिर एक अन्य समूह को बुलाया गया और उसे बताया गया कि 'आप लोगों को इस मैदान के दस चक्कर लगाने हैं।' जिस समूह को यह नहीं पता था कि उसे कितना दौड़ना है, उसके सदस्य मैदान के पाँच चक्कर लगाकर ही थक गए और बोले कि 'हम इससे ज़्यादा नहीं दौड़ सकते।' ऐसा इसीलिए हुआ क्योंकि उनके पास कोई स्पष्ट लक्ष्य नहीं था। चूँकि दूसरे समूह को पहले से पता था कि उन्हें मैदान के दस चक्कर लगाने हैं, उनके सामने लक्ष्य स्पष्ट था इसलिए उन्होंने थकान के बावजूद दौड़ना जारी रखा और दस चक्कर पूरे कर लिए। इस उदाहरण से आप समझ सकते हैं कि आपके लक्ष्य में नंबर का कितना महत्त्व है।

कार्य देते वक्त कार्य के परिणाम पर ध्यान दें, न कि इस बात पर कि वह कार्य किस प्रकार पूर्ण किया जाएगा।

५. चौथा भाग बनाएँ 'सहमति' का। इसके अनुसार आपको सामनेवाले से बातचीत करके यह सुनिश्चित करना होगा कि जो काम उसे दिया है, उसे पूरा करने के लिए वह सहमत है या नहीं। कई बार दिए हुए काम को कर्मचारी करना नहीं चाहते मगर आपके दबाव की वजह से कार्य पूरा करने की ज़िम्मेदारी ले लेते हैं। मगर सहमति न होने की वजह से वे कार्य को अंजाम तक नहीं ले जा पाते।

बातचीत करते वक्त यह भी देखें कि क्या वह आपके कार्य करने के तरीके से सहमत है? क्या वह आपकी कार्य की अपेक्षाएँ पूरी करने के लिए सहमत है? क्या कार्य में आनेवाली बाधाओं और ज़िम्मेदारियों से वह सहमत है? सामनेवाले की राय और पूर्ण सहमती से ही उसे कार्य सौंपा जाए।

६. पाँचवाँ भाग बनाएँ 'वास्तविकता' का। अर्थात आपको यह भी देखना होगा कि क्या वह काम कर पाना संभव है? यह जानने का सबसे अच्छा तरीका है खुद से पूछें, 'अगर यह काम मुझे करना होता तो क्या मैं इसे कर पाता?' अगर इसका जवाब 'हाँ' में आता है तो इसका अर्थ है कि सामनेवाले के लिए भी वह कार्य कर पाने की संभावना है। कार्य सौंपते वक्त, सामनेवाले को उसकी वास्तविकता ज्ञात करवाएँ। साथ ही कार्यप्रणाली को लेकर विस्तार से विचार विमर्श करें ताकि कार्य के प्रति उसकी रुचि और प्रेरणा बनी रहे।

इस अध्याय में बताए गए कदम अपनाकर, आपको कार्य सौंपने व उन्हें पूर्ण करवाने में आसानी होगी। कार्य पूर्ण होने के बाद जब वह आपके पास पुनः जाँच के लिए आता है, तब आप उसे देखने के लिए समय निकालें। संभवतः अच्छे किए गए कार्य को ही स्वीकार करें। अन्यथा सामनेवाले को उस कार्य की गुणवत्ता बढ़ाने के लिए वापस सौंप दें। यह इसलिए ताकि सामनेवाला इस कार्य से सीख हासिल करके अपनी कार्यक्षमता बढ़ा पाए।

जब अच्छा किया हुआ काम आपके पास लौट आए, तब सामनेवाले की सराहना करना न भूलें। अपने अंदर यह आदत ज़रूर निर्माण करें कि समय-समय पर अपने सहकर्मियों को उनके कार्यों के लिए सराहा व पुरस्कृत किया जाए। इससे उनका स्वयं पर और आप पर विश्वास बना रहेगा।

कार्य को सौंपने की कला आपके व सामनेवाले के लिए उन्नति और जीत की स्थिति का निर्माण करेगी। अब कार्य सौंपने से हिचकिचाए नहीं और सही तरीके से कार्य सौंपकर अपने लिए समय का एक नया आयाम खोलें।

FIVE

अठारवाँ घंटा

सोच-शक्ति से समय बचाएँ

नई सोच के चार हिस्से

FIVE

अपने विचारों को 'वापस लौटो', 'नेक्स्ट' कहने से
आप वर्तमान में लौटकर,
काम से जुड़कर समय बचाते हैं।

सोच शक्ति एक ऐसी शक्ति है, जो हमें समय का बड़ा फायदा करवा सकती है। आइए, इसके चार हिस्सों को समझें और समय प्रबंधन में दक्ष बनें।

१. सोच शक्ति का पहला हिस्सा

जो लोग महत्वपूर्ण कार्य करते हैं, उन्हें समय-समय पर कुछ पल रुककर दोबारा अपने काम के बारे में सोचना चाहिए। अब तक आप जिस तरीके से कार्य करते आए हैं, उसी तरह आगे कार्य करने की ज़रूरत है या उस पर दोबारा सोचने की आवश्यकता है, इस पर ज़रूर सोचें। कुछ बातों पर रुककर, मनन करने की आवश्यकता होती है। इसके लिए समय निकालें ताकि आगे आपका समय बचे।

समय के साथ नया बनने के लिए, समय की बड़ी बचत करने के लिए, यह प्रश्न पूछें कि 'ऐसी कौन सी चीज़ें हैं, जिनमें मेरा बहुत समय व्यर्थ जाता है?'

उदाहरण के तौर पर, हो सकता है कि किसी इंसान का समय रोज़ अपनी डायरी, पेन, पट्टी इत्यादि को एक कमरे से दूसरे कमरे तक ले जाने में बार-बार जाता हो। यदि वह अपनी डायरी की जगह बदलकर, उसी जगह पर रखे, जहाँ पर बैठकर वह रोज़ डायरी लिखता है तो उसका काफी समय बच सकता है।

यह एक छोटा सा उदाहरण है परंतु ऐसी कई छोटी-छोटी बातें मिलकर आपका बड़ा समय खा लेती हैं। सोच की शक्ति यही कहती है कि हम ऐसी बातों पर मनन कर, छोटे से बदलाव लाएँ ताकि बड़ा समय बच पाए।

अपने काम पर फिर से मनन करना ज़रूरी है क्योंकि समय के साथ हर काम में नई चीज़ें, नई जानकारी और नए लोग जुड़ जाते हैं। समय के साथ एक नया पद (पोस्ट) तैयार होता है, जिसमें आप अलग भूमिका कर सकते हैं। साथ ही आपका पहलेवाला कार्य जिस इंसान को सौंपा जाएगा, उसे आप अपना काम सिखा सकते हैं। इसके पहले यह सुविधा नहीं थी इसलिए आपने पहले यह तरीका नहीं अपनाया था। इस तरह कोई इंसान आपकी जगह ले सकता है और आप कुछ अलग व नए तरह का कार्य कर सकते हैं, जिसे आप काफी समय से करना चाहते थे परंतु समय नहीं निकाल पा रहे थे।

मनन करते वक्त हर काम के हर पहलू पर आपको फिर से सोचना है और कुछ

नई चीज़ों पर काम करना है। आप अपने लिए समय का अंतराल निर्धारित कर सकते हैं जैसे हर तीन महीने के बाद, छह महीने या एक साल बाद आप हर बात पर रचनात्मक, पुनः और नए ढंग से सोचेंगे।

२. सोच शक्ति का दूसरा हिस्सा

नए जीवन की यात्रा में आपको दूरदर्शिता का दृष्टिकोण रखकर कार्य करना है। दूरदर्शिता यानी कोई घटना जो आगे भविष्य में होनेवाली है, उसे आपको आज ही देखना है। यह आदत आपके भविष्य का बड़ा समय बचा सकती है। उदा. आपको कुछ शारीरिक तकलीफों के संकेत मिलने लगे, शरीर में दर्द होने लगे तो आप दूरदर्शिता दृष्टिकोण से समझ जाएँ कि अब शरीर की उम्र बढ़ने के साथ इस तरह की तकलीफें बढ़ सकती हैं। ये दर्द बढ़कर हमेशा के लिए तकलीफदायक न हों, इसके लिए आप आज से ही व्यायाम करना शुरू करेंगे। स्वास्थ्य संकेत मिलने का अर्थ ही है आपको कम से कम एक मिनट व्यायाम, एक मिनट प्राणायाम, एक मिनट विचारायाम (विवेकयुक्त मनन) और एक मिनट का मौनायाम (ध्यान) अपने जीवन में जोड़ना है। धीरे-धीरे एक-एक मिनट बढ़ाते जाना है। दर्द शुरू होने के बाद आपको व्यायाम नहीं करना है बल्कि दर्द शुरू होने से बहुत पहले ही व्यायाम शुरू करना है।

विश्व में बहुत थोड़े लोग ऐसे हैं, जो दूरदर्शिता रखते हैं। दूरदर्शिता रखनेवाले यह सोच पाते हैं कि 'आज यदि समाज में ऐसा हो रहा है और दस साल के बाद ऐसा हो चुका होगा तो मुझे आज से ही ऐसा क्या करना चाहिए, जिससे मैं उस वक्त भी आनंदित और शान से जीवन जी पाऊँ, न कि परेशान होकर?' इसका जवाब पाकर वे आज से ही कुछ कार्य करना शुरू कर देते हैं।

दूरदर्शिता रखने के कारण, आप देखेंगे कि भविष्य में सब लोग शिकायत कर रहे होंगे मगर आपके मुँह से कोई शिकायत नहीं उठेगी क्योंकि आपने पहले से ही आनेवाली समस्याओं को दूरदर्शिता से देखकर उनका समाधान ढूँढ़ लिया है और समय बचा लिया है।

दूरदर्शिता से आनेवाली समस्या को देखकर परेशान न हों। दूरदर्शिता वह समझदारी है, जिसमें वर्तमान के समय का सदुपयोग किया जा सकता है।

२. सोच शक्ति का तीसरा हिस्सा

जब आप किसी महत्वपूर्ण चीज़ के बारे में सुनते हैं, तब उसमें कौन सी सूक्ष्म बातें बताई गई हैं, उस पर गहराई से मनन करें। ऐसी बातें जिनका आपने थोड़ा सा निरीक्षण किया है, उन बातों पर भी मनन करें।

यदि कोई इस तरह मनन करता है तो उसे सूक्ष्म से सूक्ष्म बात भी पकड़ में आ सकती है। जो जितना सूक्ष्म पहलू पकड़ सकता है, उतना उसमें ज़्यादा परिवर्तन दिखाई देता है।

जो लोग सूक्ष्म बातों को पकड़ पाते हैं, वे बड़े लक्ष्य की प्राप्ति के लिए पात्र होते हैं। उनके लिए आगे के विकास की व्यवस्था सहज ही होती है। इस आदत की वजह से लोगों के जीवन में नई संभावनाएँ खुलती हैं और वे समय पर उस संभावना को पहचानकर अपने समय का सदुपयोग कर पाते हैं। इसलिए सूक्ष्म मनन अभ्यास करते रहना चाहिए। चाहे परिणाम आए या न आए।

आऊट ऑफ बॉक्स थिंकिंग – चौथा हिस्सा

आऊट ऑफ बॉक्स का अर्थ है, अपने पुराने ढाँचे से बाहर आकर सोच पाना। जब लोग अपने पुराने ढाँचे से बाहर आकर सोच पाते हैं, तब एक नई चीज़ का निर्माण होता है। उनके विचारों में पूर्ण रूप से बदलाहट आती है और वे खुलकर विचार कर पाते हैं। आऊट ऑफ बॉक्स सोच के कारण नव निर्माण की संभावना खुलती है। आऊट ऑफ बॉक्स कैसे सोचा जाए, आइए, इसे कुछ उदाहरणों से समझते हैं।

एक दिन पिताजी अपने दो बेटों के लिए घर पर एक कलिंगड लेकर आते हैं। जिसे देखकर दोनों भाई खुश हो जाते हैं। कलिंगड देखते ही बड़ा भाई कहता है, 'पिताजी यह कलिंगड मैं काटूँगा।' उसका कहना मानकर, पिताजी उसे कलिंगड काटने देते हैं। बड़ा बेटा सोचता है कि 'मैं एक बड़ा हिस्सा काटूँगा जिसे मैं खाऊँगा और बाकी का छोटा हिस्सा भाई को दे दूँगा।'

इससे पहले की वह कलिंगड काटे, पिताजी उसे बताते हैं, 'कलिंगड काटने का हक भले की तुम्हारा है परंतु यह याद रखो कि चुनाव करने का पहला हक तुम्हारे छोटे भाई का होगा।'

पिताजी की यह बात सुनते ही वह सजग हो जाता है और कलिंगड को बराबर के दो हिस्सों में काटता है।

इस तरह आऊट ऑफ बॉक्स सोचने पर पिताजी की समस्या सुलझ जाती है। यह सोच बड़ी बातों के लिए भी उपयोगी होती है।

दो हमउम्र महिलाएँ बस में एक ही सीट के लिए झगड़ रही थीं। एक कह रही थी कि 'यह सीट पहले मैंने देखी' तो दूसरी कह रही थी, 'पहले मैंने रुमाल रख दिया इसलिए यह सीट मेरी है।' इस तरह दोनों महिलाओं का झगड़ा चल रहा था।

डक्टर ने दोनों को झगड़ते हुए देखा और कहा, 'तुम दोनों झगड़ क्यों रही हो। ऐसा करो कि तुम दोनों में से जिसकी उम्र ज़्यादा हो वह सीट पर बैठ जाए।' कंडक्टर की यह बात सुनकर दोनों में से कोई भी महिला सीट पर नहीं बैठी। उन दोनों ने वह सीट एक बुजुर्ग महिला को दे दी।

यहाँ आपने देखा कि किस तरह कंडक्टर की आऊट ऑफ बॉक्स सोच की वजह से झगड़ा आसानी से सुलझ गया।

आऊट ऑफ बॉक्स सोच पाना, आपको नया बनाता है। हर चीज़, हर काम करने के ढंग में नया प्रयोग जोड़ें तो वह चीज़ बदल जाती है। यह आदत विकसित करने से आपको पता चलेगा कि उस वक्त तो आपने कार्य का आनंद लिया ही और उसके साथ-साथ आगे के लिए आप एक ऐसी आदत बना रहे हैं, जो नए जीवन में बहुत बड़ा काम करनेवाली है।

हर इंसान का अपना निर्धारित अलग ढाँचा होता है और वह उससे बाहर नहीं सोच पाता। इसलिए पुराने ढाँचे से मुक्त होकर, नए तरीके से सोचने की आदत डालनी ज़रूरी है। इससे आपका काफी समय, जो पुराने विचारों में बरबाद होता है, वह बच जाएगा। आप थोड़ी देर के लिए ही सही पुराने ढाँचे से मुक्त होकर सोच सकते हैं। यह ज़रूरी नहीं कि कोई अच्छी तरकीब आ ही जाए मगर ढाँचे से मुक्त होकर सोचने की आदत डालनी ही है। इससे आप नया सोच पाएँगे और हो सकता है कि ऐसी महत्वपूर्ण बात सामने आ जाए, जो आपने पहले नहीं सोची थीं। इसलिए जो सोच आपका समय बचाती है उस पर आज से ही तुरंत काम शुरू करें।

अपने लिए व अपनों के लिए आपको आऊट ऑफ बॉक्स सोचना शुरू करना है। सोच पाएँ या न पाएँ, उसमें फँसना नहीं है। प्रयास करते रहें क्योंकि आपका प्रयास ही बुद्धि का व्यायाम है। इसी व्यायाम के कारण आप एक दिन आऊट ऑफ बॉक्स सोचने में सक्षम हो पाएँगे।

FIVE

◆ ◆ ◆

मैंने यह देखा है कि ज़्यादातर सफल लोग उस समय में
आगे बढ़ जाते हैं, जिसे दूसरे बरबाद करते हैं।

- हेनरी फोर्ड

उन्नीसवाँ घंटा

‘ना’ कहें और समय की बरबादी से बचें

अपने समय को महत्त्व दें

FIVE

हर उस चीज़ को ‘नहीं’ कहना सीखें,
जो आपको अपने लक्ष्य (पृथ्वी लक्ष्य)
पाने से रोकती है।

बहुत सारे अवसरों पर, हम न चाहते हुए भी कार्य करने के लिए हामी भरते रहते हैं। जिस वजह से कई बार हमारे महत्वपूर्ण कार्य अपूर्ण रह जाते हैं और हमारे हिस्से में असफलता आती है। हम कार्यों के लिए 'हाँ' इसलिए कहते हैं क्योंकि हम 'ना' नहीं बोल पाते। मगर क्या आप जानते हैं कि अनावश्यक कार्य को 'ना' बोलने से हमारे समय व ऊर्जा की बड़ी बचत होती है। साथ ही तनाव से मुक्ति भी मिलती है। कई बार अनचाहे कार्यों को 'हाँ' बोलकर हम अपने ही पैरों पर कुल्हाड़ी मारते हैं। जैसे कोई मित्र आग्रह करके, आदेश देकर या बहस करके आपसे 'हाँ' बुलवा लेता है। 'हाँ' बोलने के कारण आप उस कार्य को पूरा करने में जुट जाते हैं। मात्र इसलिए कि आप 'ना' नहीं बोल पाए, आप अपना समय उस कार्य में देते हैं, जो आप नहीं करना चाहते थे।

अपनी अंतरात्मा की आवाज़ सुनें, किसी भी प्रोजेक्ट को हाथ में लेने के पहले, स्वयं से पूछें, 'क्या यह किसी और का दायित्व है या मेरा है?' यदि वह कार्य या प्रोजेक्ट सीधे-सीधे आपका दायित्व नहीं है (किसी और का दायित्व है) तो उसमें उलझे बिना आप नम्रता से 'ना' कह दें।

FIVE

'ना' कहने का सबसे अच्छा तरीका क्या है? कैसे हम सामनेवाले को उस कार्य के लिए मना करें जो हम नहीं करना चाहते या जिसके लिए हमारे पास समय नहीं है? तरीका है- **सही संवाद करने का**। जब भी आपको कोई काम न करना हो तो यह न कहें कि 'मैं नहीं कर सकता।' इसके बजाय सीधे व स्पष्ट शब्दों में कहें कि 'मैं ऐसा नहीं करूँगा।' पढ़ने में आपको इन दो वाक्यों में ज़्यादा फर्क महसूस नहीं होगा। मगर इनके अर्थों को समझेंगे तो ये दो वाक्यों के अलग-अलग परिणाम आते हुए दिखाई देंगे। इसे एक उदाहरण से समझते हैं।

एक बार दो अलग-अलग संघों को एक जैसा कार्य करने के लिए कहा गया। पहले संघ को यह सूचना दी गई कि वे कार्य के लिए मना करते हुए कहें कि 'हम यह कार्य नहीं कर सकते।' दूसरे संघ को यह बताया गया कि वे कहें, 'हम यह कार्य नहीं करेंगे।' जब दोनों संघों पर कार्य करने के लिए दबाव डाला गया तब पहले संघ के लोगों ने अपना ७० प्रतिशत समय इस कार्य को देने के लिए

'हाँ' कहा। जबकि दूसरे संघ ने मात्र अपना ३५ प्रतिशत समय इस कार्य को करने के लिए दिया। यह ऐसा इसलिए हुआ क्योंकि दोनों वाक्यों के अर्थ अलग रूप से सामने आए।

जब आप कहते हैं कि 'मैं यह कार्य नहीं कर सकता।' तो इसका अर्थ यह भी हो सकता है कि दबाव डालने पर आपका 'नहीं कर सकता', 'कर सकता' में बदल जाए। इसके विपरीत जब आप कहते हैं कि 'मैं यह कार्य नहीं करूँगा' तो इस वाक्य में आपकी दृढ़ता दिखाई देती है।

उदाहरण के तौर पर यदि कोई दुकानदार आपसे कहे कि 'मैं फलाँ कपड़ों पर आपको छूट नहीं दे सकता।' और दूसरा दुकानदार कहे कि 'मैं आपको फलाँ कपड़ों पर छूट नहीं दूँगा।' तो दोनों वाक्यों में से कौन से वाक्य में दृढ़ता दिखाई देती है? पहले दुकानदार से आप थोड़ा बहस करके दबाव डालकर 'हाँ' करवा सकते हैं। दूसरे दुकानदार से आपको बात करने में भी हिचकिचाहट होगी क्योंकि उसके शब्दों में इनकार ज़्यादा महसूस होता है।

अगली बार जब भी आपको किसी कार्य के लिए मना करना है तो 'मैं नहीं कर सकता' के बजाय कहें, 'मैं नहीं करूँगा।' 'ना' कहने का यह एक आसान तरीका सिद्ध हो सकता है। 'ना' बोलने की आदत डालने के लिए हमें नम्रता से, सामनेवाले को आदर देते हुए, अपनी बात को बिना घुमाए-फिराए प्रस्तुत करना आना चाहिए। वह आदर सामनेवाले को भी महसूस होना चाहिए। कई बार हमें लगता है कि हमने सामनेवाले को बहुत आदर देते हुए कार्य को मना कर दिया। मगर सामनेवाला उस आदर को देख नहीं पाता और गलत समझ लेता है। इसलिए 'ना' भी बोलें तो आदर के साथ, जो सामनेवाले को भी दिखाई दे।

'हाँ' बोलकर हम अपने ही जाल में फँस जाते हैं। यदि वह कार्य पूरा नहीं हो पाया तो हम अपनी विश्वसनियता भी कम कर देते हैं। **समझदारी इसी में है कि हम चींटी से बचने के लिए चीते को आमंत्रित न करें।** अर्थात थोड़ी सी असुविधा से बचने के चक्कर में बड़ी मुसीबत को आमंत्रित न करें। जैसे 'ना' बोलने की हिचकिचाहट से बचने के लिए हम 'हाँ' कह देते हैं और खुद पर

मुसीबत मोल लेते हैं। हम 'ना' इसलिए भी नहीं कहते क्योंकि सामनेवाले को भी बुरा लग सकता है। यह ध्यान रखें कि हमारे 'ना' बोलने से, सामनेवाले में कुछ ही क्षणों के लिए ही नकारात्मक भावना रहती है। जबकि 'हाँ' बोलकर, कार्य न कर पाने से हम विश्वसनीयता (भरोसा) खो देते हैं। यह महँगा सौदा है। इस तरह हमें चींटी जैसी छोटी बात टालने पर, चीते जैसी बड़ी मुसीबत का सामना करना पड़ता है।

अगर आप कार्य नहीं करनेवाले हैं तो यह कह पाएँ कि 'मैं यह काम नहीं करूँगा, मेरे पास समय नहीं है।' यह आदर से कहें, अकड़कर नहीं। अपनी बात समझाते हुए उन्हें बताएँ कि 'मैं यह ज़रूर करना चाहता हूँ मगर कुछ और प्राथमिकताओं के कारण मैं यह नहीं कर पाऊँगा, कृपया मुझे क्षमा करें।' जब आप आदरयुक्त सीधी बात करते हैं तो लोगों को उतना बुरा नहीं लगता, जितना आपके 'हाँ' कहकर कार्य न करने पर लगता है।

'आप जो कहते हैं, वह करते हैं', इस वजह से लोगों की नज़रों में आप भरोसे के योग्य बन जाते हैं। जैसे यदि आप अपने कर्मचारी से कहते हैं कि 'यदि आप अपना कार्य ठीक से नहीं करेंगे तो आपको नौकरी से हाथ धोना पड़ सकता है।' यह सुनते ही कर्मचारी ठीक से कार्य करने लगता है क्योंकि उसे पता है कि आप जो कहते हैं, वह करते हैं। इसका अर्थ दूसरे आप पर भरोसा करते हैं।

FIVE

भरोसे योग्य बनने के लिए हमारे अंदर दो गुणों का होना ज़रूरी है। वे गुण हैं, *साहस और कपटमुक्तता*। साहस यानी सच्चाई का सामना करना। जब आप लोगों से कपटमुक्त और साहसपूर्ण बात कह पाते हैं तो उनका भी आपकी बातों पर विश्वास बढ़ने लगता है। लोगों को धीरे-धीरे यह बात समझ में आने लगती है कि जो आदरयुक्त सीधी बात करते हैं, वे कभी भी लोगों को धोखा नहीं देते। ऐसे लोग जैसा है, वैसा स्पष्ट रूप से बोल पाते हैं। ऐसा बोलते वक्त सामान्य ज्ञान का उपयोग ज़रूर करें।

थोड़े समय तक आपको यह आदत डालने में अजीब लगेगा, हिचकिचाहट लगेगी, डर महसूस होगा मगर साहस और कपटमुक्तता की वजह से, भविष्य में

आप इसके फायदे होते हुए देख पाएँगे। यह आदत आपका बड़ा समय बरबाद होने से बचा सकती है इसलिए जल्द से जल्द इसे जीवन में उतारें।

◆ ◆ ◆

मैंने यह देखा है कि ज़्यादातर सफल लोग
उस समय में आगे बढ़ जाते हैं, जिसे दूसरे बरबाद करते हैं।

- हेनरी फोर्ड

समय नियोजन टिप

प्रार्थना बने आपकी दिनचर्या का अंग

क्या आप प्रार्थना को अपने जीवन का अंग बनाना चाहते हैं?

टिप : कई बार लोग प्रार्थना करना चाहते हैं परंतु उसके लिए समय कैसे निकलें, यह समझ नहीं पाते।

यदि आप रोज़ प्रार्थना करना चाहते हैं तो अपने मोबाईल पर १ बजकर १ मिनट या २ बजकर २ मिनट, इस तरह के समय का अलार्म सेट करके रखें। अलार्म बजते ही केवल २ मिनट के लिए आँखें बंद करके प्रार्थना करें।

'धन्यवाद' की प्रार्थना सबसे छोटी व असरदार प्रार्थना है। सुबह उठते ही ईश्वर को धन्यवाद देकर आप दिन की शुभ शुरुआत कर सकते हैं।

हर घंटे में मिलनेवाले २ मिनटों के समय का उपयोग आप आनेवाले एक घंटे के कामों को, मन में देखकर, उन पर कुछ मनन करने के लिए भी कर सकते हैं। ऐसा करने से आप काम सहजता से कर पाते हैं।

खण्ड ६

समय रूपी दौलत का सही निवेश
समय का रचनात्मक उपयोग

SIX

बीसवाँ घंटा

समय बचाकर समय निवेश करें
निवेश योजना को मज़बूत बनाएँ

अगर कोई चीज़ करने लायक है
तो उसे पूरे दिल से करें।
अपनी उत्पादकता में वर्तमान की शक्ति जोड़ें।

समय बचत करने के उपाय से आप समय तो बचा लेंगे मगर उस बचे हुए समय का सही उपयोग नहीं किया तो उसका कोई फायदा नहीं होगा। समय बचाकर अगर आप टी.वी., मोबाईल गेम्स, सोने में लग गए तो समय बचना व्यर्थ हो गया।

जब हम पैसों को कहीं निवेश करते हैं तो हमें यह स्पष्ट होता है कि ये पैसे व्यर्थ नहीं जा रहे बल्कि भविष्य में ये बढ़कर हमारे पास वापस आनेवाले हैं। ये पैसे हमें आर्थिक दृष्टि से सशक्त बनानेवाले हैं।

उसी प्रकार यदि हम कहीं पर पैसे खर्च करते हैं तो कुछ समय के लिए हमें अच्छा लगता है परंतु जीवन में वे पैसे वापस नहीं आते। न ही उन पैसों में वृद्धि होती है। उसी प्रकार जब हम समय खर्च करते हैं तो हमें कुछ देर के लिए अच्छा लगता है परंतु उससे कोई आऊटपुट (परिणाम) नहीं आता। इसलिए किसी भी कार्य के लिए समय निकालते वक्त हमेशा स्वयं से सवाल पूछें कि ''मैं समय खर्च कर रहा हूँ कि उसका निवेश कर रहा हूँ?''

आप समय को सही जगह निवेश कर रहे हैं या नहीं, यह जाँचने के लिए खुद से एक सवाल पूछें, सवाल यह कि ''मैं जहाँ समय दे रहा हूँ, क्या उस समय का मुझे निकट वर्तमान या भविष्य में लाभ होनेवाला है या केवल इस क्षण के लिए सुख मिलनेवाला है?'' जवाब हमें जल्द ही मिल जाएगा।

मान लें कि आप एक फिल्म देखने गए हैं। जिसे आप पहले भी देख चुके हैं। अब यह सोचें कि ''मुझे इन तीन घंटों का फायदा केवल इन्हीं तीन घंटों के लिए मिलनेवाला है या मेरे आगे के जीवन में इस समय का लाभ मुझे मिलनेवाला है?'' यह सोचते ही आपको समझ में आ जाएगा कि फिल्म देखने का समय हमने व्यर्थ गँवाया या उसका निवेश किया।

दूसरी ओर सही पुस्तक पढ़ने के लिए दिया गया समय कभी भी व्यर्थ नहीं जाएगा। ऐसे पठन के ज़रिए आपके जीवन में आनेवाले हज़ारों घंटे आपको कैसे बिताने हैं, इसकी जानकारी मिलती है।

समय की यह जागरूकता बहुत महत्त्व रखती है। इस जागरूकता से आपके लिए निर्णय लेना आसान हो जाएगा कि समय बचाकर उस समय में क्या किया जाए? यह नियोजित करना आवश्यक है। जैसे लोग सुबह जल्दी उठने का निर्णय लेते हैं, उठते भी हैं मगर उन्हें यह समझ में नहीं आता कि इस समय में क्या करें? तो वे फिर से सो जाते हैं। इसी तरह अगर आप समय नियोजन करके ३० मिनट बचा रहे हैं तो वे ३० मिनट आप कहाँ लगाएँगे? यह भी सोच लें।

आपके पास यदि समय बचाकर कुछ बेहतर करने कि लिए नहीं है तो अच्छा

होगा कि आप वर्तमान का काम दोबारा चेक या होशपूर्ण बनकर धीरे-धीरे से करें। उदाहरण के तौर पर यदि समय बचाने के लिए आपने हड़बड़ी में चप्पल उतारी, चाभी यहाँ-वहाँ फेंक दी और जल्दी अपने कमरे में पहुँच गए, मगर वहाँ जाकर लेट गए। इससे बेहतर था कि आप चप्पल और चाभी ठीक से रखते ताकि कम से कम अगली बार चीज़ें ढूँढ़ने में आपका समय व्यर्थ न जाता।

इसी तरह आप किसी रिश्तेदार से मिलने गए और निकलने की जल्दी कर रहे हैं तो सोचें कि घर जाकर क्या महत्वपूर्ण करने जा रहे हैं? कुछ खास नहीं करनेवाले हैं तो क्यों न उन्हें ही अच्छी तरह मिल लें। इस तरह वर्तमान के समय का अच्छा उपयोग हो पाएगा।

खाली समय का उपयोग, भविष्य के लिए बीज डालने के लिए किया जा सकता है। बीज डालना यानी स्वयं के गुण बढ़ाना। खाली समय में ही इंसान नकारात्मक सोच में ज़्यादा उलझता है। इसलिए उसे अपना ध्यान गुणों को बढ़ाने पर देना चाहिए।

खाली समय में करने योग्य बातों की एक सूची बनाकर रखें ताकि कभी भी आपको खाली समय मिले तो आपको पता हो कि अब क्या करना है। घर और ऑफिस के कार्यों की सूची अलग-अलग बनाकर रखें। कुछ लोग तो घर में टी.वी. देखते हुए क्या कार्य कर सकते हैं? इसकी भी सूची बनाकर रखते हैं। नीचे कुछ सुझाव दिए गए हैं कि आप खाली समय में क्या कर सकते हैं।

१. समय नियोजन करें

समय नियोजन करने के बाद ही हम समय को संभालने योग्य बनेंगे। कई बार हमें लगता है कि अधिक महत्वपूर्ण कार्यों में हमारा काफी समय नष्ट हो जाता है, जबकि सच्चाई यह होती है कि आगे चलकर यह समय बहुत उपयोगी सिद्ध होता है। उसी प्रकार, जैसे शिक्षण के लिए पाठशाला में दिया गया समय, जीवनभर उपयोगी सिद्ध होता है। कुछ विद्यार्थियों की सोच यह होगी कि 'पाठशाला में दिए गए पंद्रह साल मैंने कहीं और दिए होते तो अच्छा होता! मेरा व्यवसाय और ऊँचाइयों पर होता। मैंने ज़्यादा पैसे कमाए होते।'

सोचने पर यह विचार यदि सही भी लगता हो तो भी यह गलत है। क्योंकि पाठशाला में दिए गए १५ साल हमारे आगे के ७५ सालों को दिशा देते हैं। पैसे अधिक भी मिलें परंतु उनका हिसाब-किताब कैसे किया जाता है, उन्हें कैसे संभाला जाए इसकी समझ हमें शिक्षण प्राप्त करके ही मिलती है। जो समय हम शिक्षण के लिए देते हैं, वह कभी भी अनुपयोगी सिद्ध नहीं होता।

अनपढ़ इंसान ने यदि ५ साल पहले पैसे कमाने की शुरुआत की तो भी पढ़ा-

लिखा काबिल इंसान उतने ही पैसे कम समय में कमा सकता है। उससे भी अधिक महत्त्व इस बात का है कि वह दूसरों को भी सही राह दिखा सकता है।

यही बात समय नियोजन के साथ होती है। जो इंसान समय नियोजन के लिए समय निवेश करता है, वह अपने पूरे समय का सही उपयोग कर पाता है। वहीं जो समय नियोजन नहीं करता, उसका समय कई जगहों पर व्यर्थ जाता है। इससे अच्छा है कि कुछ वक्त समय नियोजन के लिए निकाला जाए।

२. पठन करें (अच्छी किताबें/अपनी डायरी/कार्य सूची पढ़ें) :

आपने अगर कार्य लिखकर रखे तो आप इसका लाभ खाली मिले समय में ले सकते हैं। कई बार कुछ महत्वपूर्ण बातें हमने सीखी होती हैं, जो समय के साथ धुँधली हो जाती हैं। खाली समय में इसे पढ़ने से यह आपके ज़हन में बनी रहेगी। कार्य पढ़ने से आपको वह करने का अगला कदम याद आ सकता है, जिससे आप उस कार्य को थोड़ा आगे बढ़ा पाएँगे।

कई सारे सफल लोगों में यह आदत होती है कि वे अपने खाली समय में पठन करते हैं। पुस्तकें आपको हर विषय पर मार्गदर्शन दे सकती हैं। वे आपकी शब्दावली और भाषा का ज्ञान भी बढ़ाती हैं। आज-कल मोबाईल या लैपटॉप पर ई-बुक्स भी उपलब्ध होते हैं, जिनका लाभ लिया जा सकता है।

३. खाली समय में बीज डालें, कुछ नया सीखें :

जब बात सीखने की आती है तो इंसान सोचता है कि कुछ ऐसा सीखूँ जिससे मुझे अच्छी नौकरी मिले, प्रमोशन मिले। किंतु कभी-कभी मात्र ज्ञान बढ़ाने के लिए भी खाली समय में सीखना शुरू करें। सीखने का अर्थ यह नहीं कि अपने कार्य या व्यवसाय के बारे में ही सीखने चाहिए, आप कुछ अलग विषय लेकर भी सीखना शुरू कर सकते हैं। जैसे आप नृत्य, संगीत, चित्रकला, सिलाई-कढ़ाई, प्राथमिक उपचार, खाना बनाना, मनोविज्ञान, नई भाषाएँ इत्यादि सीख सकते हैं।

शुरुआत में आपको लग सकता है कि यह सीखकर क्या होगा परंतु यह करके आपके अंदर चीज़ों को समझने की क्षमता बढ़ेगी, उन्हें देखने का नया तरीका प्राप्त होगा। साथ ही आपके अंदर एक नया हुनर भी आ जाएगा और आप अपने क्षेत्र में रचनात्मक समाधानों पर सोच पाएँगे।

४. दूसरों की मदद करें, सेवा से जुड़ें :

सेवा का कार्य करके देखेंगे तो आपको उससे मिलनेवाली खुशी का पता चल

जाएगा। खाली समय का उपयोग करने का इससे बेहतर तरीका क्या होगा कि आप अपने समाज व देश के लोगों के काम आ सकें, उनमें अच्छा बदलाव ला सकें।

किस तरह और किन लोगों की आप सेवा करना चाहते हैं, यह देखें और यह मौका आपको कब मिल सकता है, वह समय ढूँढ़ निकालें। अगर आपके पास समाज सुधार का कोई मुद्दा है तो निश्चित रूप से आपको ऐसे मुददे पर कार्य करनेवाली किसी संस्था के साथ जुड़ना चाहिए।

सेवा के माध्यम से ज्ञान, विशेषज्ञता और प्रतिष्ठा का निर्माण कर आप एक अविश्वसनीय परिपूर्ण अनुभव प्राप्त कर सकते हैं। आप एक योग्य कार्य के लिए अपना खाली समय दे रहे हैं इसलिए आपका भी आनंद बढ़ेगा।

५. हॉबी का निर्माण :

खाली समय में आप अपनी रुचि पूरी कर सकते हैं। जैसे आपकी तरह रुचि रखनेवाले लोगों से मिलें। अपनी रुचि के अनुभव उनसे बाँटें। अपनी एक रुचि की पूरी संभावना खोलने का प्रयास करें। जैसे आपको अगर पेंटिंग का शौक है तो हर तरह की पेंटिंग सीखें और बनाएँ।

अगर आपकी कोई खास हॉबी नहीं है तो अपने स्वास्थ के लिए कुछ कार्य करें। ऐसे निवेश से, बीमार होने पर व्यर्थ जानेवाले समय की बचत होती है। व्यायाम न करने पर बीमार पड़ने के आसार बढ़ जाते हैं, जिस वजह से हमारा कीमती समय व्यर्थ जाने की संभावना बनी रहती है।

६. ध्यान करें :

कुछ लोगों को ध्यान करने का महत्त्व पता होता है। उन्हें ध्यान में बैठा देख दूसरों को लगता है कि 'इस समय में चार काम और हो गए होते।' परंतु ध्यान के लिए दिया जानेवाला समय भविष्य के लिए बहुत बड़ा निवेश है। क्योंकि ध्यान में बैठने से जितना काम 'मन' पर होता है, उतना काम और किसी भी समय में नहीं होता।

मन- यह हमारा सबसे प्रभावशाली शस्त्र है। यह शस्त्र जितना धारदार होता है, उतना हमारे समय का सही उपयोग हो पाता है। ध्यान केवल खाली समय मिलने पर न करें बल्कि इसे रोज़ के कार्यों में शामिल करें।

७. चीज़ों को व्यवस्थित रखें/साफ-सफाई करें :

क्या आपका घर- जहाँ आप रहते हैं, ऑफिस टेबल- जो आपकी कर्मभूमी है,

कार- जिससे आप यात्रा करते हैं, साफ-सुथरा और व्यवस्थित है?

इसी तरह क्या आपका मोबाईल या लैपटॉप भी अनचाही ई-मेल्स और पोस्ट्स से खाली रहता है?

आप अपने खाली समय अनुसार, यह निर्णय ले सकते हैं कि आज किन चीज़ों की सफाई की जा सकती है। जैसे मीटिंग में जाने के लिए ५ मिनट बाकी हैं तो आप उस समय मोबाईल या लैपटॉप से अनचाही ई-मेल्स और पोस्ट्स खाली कर सकते हैं। थोड़ा ज़्यादा समय है तो अपने टेबल के ड्रॉवर साफ कर सकते हैं, फाईल्स को अच्छे ढंग से रख सकते हैं।

कुछ लोग सफाई को लेकर थोड़े लापरवाह रहते हैं किंतु यकीन मानिए कि साफ-सुथरा घर, परिसर सबको अच्छा लगता है। इसलिए जब भी समय मिले उस अनुसार सफाई का कार्य करते रहें। दिवाली या किसी अन्य त्योहार का इंतज़ार न करते बैठें।

८. दोस्तों या रिश्तेदारों से मिलें/बात करें :

अपने पास ऐसे लोगों के नंबर रखें, जिनसे आप बात करना चाहते हैं। कभी-कभी जब समय हो, उनसे बात कर लें। कुछ लोग जो बहुत बातें करते हैं, उनसे महीने में एकाध बार समय निकालकर बात करें।

कुछ लोगों से जाकर मिलें। खास कर जिनकी आप परवाह करते हैं और जो आपकी परवाह करते हैं। इससे रिश्तों मे मधुरता बनी रहती है।

यदि आप समाजकिता बढ़ाने में ज़्यादा समय न देना चाहते हों तो भी थोड़ा समय निकालें ताकि हम समाज के साथ सामंजस्य में रह पाएँ। लोगों के संपर्क में रहने से आप अपनी युक्तियाँ उनसे बाँट पाएँगे, जिससे आपकी सोच भी खुलेगी।

खाली समय को कम मूल्यवान न समझें। खाली समय में बोए गए बीज आपको आजीवन फल प्रदान करते हैं।

◆ ◆ ◆

बुरी खबर यह है कि समय उड़ता है।
अच्छी खबर यह है कि आप पायलट हैं।

-माइकल एल्थसुलर

इक्कीसवाँ घंटा

हाय-टेक बनें

नई तकनीक व नई सोच के मालिक बनें

अगर यह काम कल हुआ (जब किसी से वह काम नहीं हुआ जो आप उससे करवाना चाहते थे) तो दुनिया खत्म नहीं हो जाएगी।

SIX

कैंची की जगह नेलकटर का इस्तेमाल समय बचाता है। किसी भी ऑफिस में यदि किसी को तरक्की देनी है तो उसे चुना जाता है, जिसने अपने आपको अच्छा सीखनेवाला सिद्ध किया है और नई तकनीकों को प्रयोग में लाया है। जिसकी सोच लचीली नहीं है, जिसकी आदतें पुराने तरीकों से काम करने की हैं– उस इंसान को नई ज़िम्मेदारी के लिए नहीं चुना जाता।

हाय-टेक यानी नई बातें सीखनेवाला बनने के लिए आपको मार्केट में आई हुई नई तकनीकों की जानकारी लेते रहनी चाहिए। समय के साथ कार्य करने के तरीकों में आई बदलाहट को स्वीकार करके, उसे इस्तेमाल करना सीखते रहना चाहिए।

हम नई टेक्नालॉजी को इसलिए नहीं अपनाते क्योंकि उसे सीखने में दिक्कत महसूस होती है मगर 'आजमाइश और गलती की तकनीक (ट्रायल एण्ड एरर मेथड)' से आप प्रशिक्षण की शुरुआत कर सकते हैं। इस तकनीक के अनुसार, आप जो भी यंत्र उपयोग करना सीखना चाहते हैं, उसे अपनी समझ के अनुसार प्रयोग करना शुरू कर दें। नए प्रयोग के बाद, फिर से मनन द्वारा अपनी कमी को दूर करने के उपाय सोचें। यह तरीका तब तक इस्तेमाल करें, जब तक आप उस काम में निपुण नहीं हो जाते। धीरे-धीरे आप देखेंगे कि उस यंत्र को पूरी तरह समझकर आप उसका अधिकतम इस्तेमाल कर रहे हैं।

नए काम को सीखने की रफ्तार तब ज़्यादा हो जाती है, जब इंसान वह काम शुरू से लेकर अंत तक अपने मन में होते हुए देखता है। इसका अर्थ यह है कि आप जिस काम में प्रवीण होना चाहते हैं, उसे मन ही मन स्वयं को करते हुए देखें। जैसे कंप्यूटर सीखने के दौरान इंसान अगर अपने मन में यह देख पाता है कि कब, किस बटन को किस बात के लिए, किस उँगली द्वारा चलाना है तो वह दूसरों की अपेक्षा कंप्यूटर जल्दी सीख पाता है। अवकाश के समय का इसी तरह निवेश करें।

अकेले रहने के अवसरों को अत्यंत मूल्यवान समझकर, उनका उपयोग अपने आत्मविकास तथा नए आविष्कार करने के लिए करें, हाय-टेक बनें।

हाय-टेक बनना यानी उच्च तकनीकों जैसे ई-मेल, लैपटॉप, टैबलेट, स्मार्ट फोन पर नए अनुप्रयोगों (ऐप्लीकेशन्स) का इस्तेमाल कर पाना। आज विज्ञान ने इंसान को तकनीकों के सहारे जो सुविधाएँ उपलब्ध करवाई हैं, उनका सही इस्तेमाल करना हर एक को आना चाहिए। नई सदी के हर नागरिक को, जो संपूर्ण प्रशिक्षण ले रहे हैं, ऐसी

नई तकनीकों का ज्ञान होना चाहिए। यह न सोचें कि 'आज तक हमने कंप्यूटर को कभी हाथ नहीं लगाया है तो इसे हम कैसे सीखें?' यदि आपको समय का सही नियोजन करना है तो हाय-टेक बनना होगा।

ऐसे कई लोग हैं, जिन्हें कंप्यूटर नहीं आता था मगर कंप्यूटर के कार्य मिलने पर वे उसे चलाना सीख गए। इस प्रशिक्षण के दौरान उन्हें कई अड़चनें आईं, वे कई बातें बार-बार भूल जाते थे जैसे कौन सी 'की' (key) का क्या कार्य होता है... कौन सी फाईल कंप्यूटर में कहाँ सेव की थी...इत्यादि। लेकिन नियमित अभ्यास करके आज वे कंप्यूटर पर काम कर पा रहे हैं। अर्थात हर कार्य सीख पाना संभव है, बशर्ते आप अपने आपको दिल से तैयार करें। हमें जो चीज़ें नहीं आती हैं, जैसे मोबाईल से मेसेज भेजना, कंप्यूटर द्वारा जानकारी पाना या पहुँचाना, ई-मेल करना ये सब आप शीघ्रता से सीख जाएँ। एक जगह बैठे-बैठे हर खबर, हर जगह कैसे पहुँचे, हर कार्य कंप्यूटराइज़्ड कैसे हो यह आपको आना चाहिए।

'समय पैसा है' यह हम सब जानते हैं इसलिए समय बचाने के लिए अपने लैपटॉप और स्मार्ट फोन का पूर्ण लाभ उठाएँ। आज-कल इंटरनेट के द्वारा हम कई सारे ऐप्लीकेशन्स डाऊनलोड करके हाय-टेक बन सकते हैं। आज कई सारे लोग समय नियोजन करने में नई चीज़ों का लाभ उठा रहे हैं। जिस वजह से उनका काफी समय बचता है और समय पर संवाद भी हो पाता है। इसे एक उदाहरण से समझें।

एक कंपनी के मैनेजर ने अपने कंपनी से संबंधित जानकारी विकिपीडिया (जानकारी देनेवाली वेबसाईट) पर डाल दी, जिससे यह लाभ हुआ कि कंपनी में कार्य करनेवाले सारे लोगों को एक साथ कंपनी की जानकारी मिल गई। टेक्नालॉजी का इस्तेमाल करने से समय की बचत भी हुई और लोगों तक जानकारी भी पहुँची। कंपनी के मैनेजर ने यह भी देखा कि सभी के पास एक जैसी जानकारी होने की वजह से लोग अपने कार्य संबंधित निर्णय आसानी से ले पा रहे हैं और एक ही दिशा की तरफ आगे बढ़ रहे हैं। इस तरह आप हाय-टेक बनकर अपनी कई समस्याओं को सुलझा सकते हैं।

अब हाय-टेक बने एक कर्मचारी का अनुभव पढ़ें - *'जब मुझे यह पता चला कि अपने रोज़मर्रा के कार्य, मीटिंग्स व अपने समय के प्रबंधन के लिए आउटलुक सॉफ्टवेअर का उपयोग करना चाहिए, तब मैंने उसका इस्तेमाल करना शुरू किया। इसके पहले मैं हमेशा डायरी रखता था, जिसमें यह लिखता था कि मुझे कब, कौन से*

काम करने हैं और कब, किससे मिलना है वगैरह। मैंने पहले कभी कंप्यूटर पर आउटलुक जैसे सॉफ्टवेअर का उपयोग नहीं किया था। जब मैंने इसका इस्तेमाल करना शुरू किया तो पाया, काम-काज और मीटिंग्स का विवरण डायरी में लिखने के बजाय आउटलुक में लिखने से मेरा लगभग पचास फीसदी समय बच रहा है। बचे हुए समय का इस्तेमाल मैंने कुछ नई योजनाएँ बनाने के लिए किया। जैसे कंपनी के हर ग्राहक से महीने में एक बार मिलना, नए ग्राहकों से संपर्क बनाना इत्यादि। इससे मेरी सफलता भी बढ़ती गई।'

यदि आपको भी किसी कार्य में सफलता न मिल रही हो तो अपने कार्य करने के तरीके को बदलकर देखें। नए तरीके से पुराने काम को करके देखने से आपको उसमें नए आयाम दिखाई देंगे, साथ ही आपके कीमती समय की बचत भी होगी।

◆ ◆ ◆

इंटरनेट के युग में शिक्षण का मतलब है,
हम भविष्य के कौशल आज सिखाएँ।

- जेनिफर फ्लेमिंग

बाईसवाँ घंटा

सही समय पर फैसले

सरल तकनीक द्वारा सीखें यह कला

अपने ५०% समय पर कड़ाई से योजना बनाएँ। २५% समय पर सहज मन से काम करें, काम हों या कम हों चल सकता है। २५% समय को छोड़ दें, वह अपना काम खुद ढूँढ़ लेगा।

S I X

जीवन में जिन लोगों ने सही समय पर फैसले लिए हैं, वे ही आगे बढ़ पाए हैं। इसलिए इस आदत में समय निवेश करने का निर्णय उत्तम निर्णय है। **इतिहास उन लोगों को माफ कर सकता है, जिन्होंने गलत निर्णय लिए लेकिन उन लोगों को कभी माफ नहीं कर सकता, जिन्होंने निर्णय ही नहीं लिए।** यदि आपको निर्णय न भी लेना हो तो यह निर्णय भी सोचकर लें। क्योंकि निर्णय न लेने का भी कोई न कोई परिणाम ज़रूर आता है।

अगर आप निर्णय नहीं ले पा रहे हैं तो इससे उभरने की आसान प्रक्रिया यह देखना है कि आपके पास कितने विकल्प हैं। इसके बाद छोटे-छोटे निर्णयों से शुरुआत करें। चाहे निर्णय गलत साबित हुआ लेकिन यह बात ज़्यादा मायने रखती है कि आपने निर्णय लिया। इस प्रक्रिया के द्वारा आप धीरे-धीरे सही निर्णय लेना सीख जाएँगे।

आम तौर पर हम निर्णय लेने में निपुण नहीं होते, इसका प्रमुख कारण क्या है? दरअसल बचपन से लेकर बड़े होने तक हमारे अधिकतर महत्वपूर्ण निर्णय कोई और लेता आया है। हमारा नाम क्या होगा, यह हम तय नहीं करते। हम कौन से स्कूल में पढ़ेंगे, यह भी हम तय नहीं करते। कई परिवारों में तो यह निर्णय भी माता-पिता ही लेते हैं कि बच्चे किस कॉलेज में पढ़ने जाएँगे... नौकरी कहाँ करेंगे और शादी किससे करेंगे इत्यादि। जिन परिवारों में पिता नियंत्रणकारी प्रवृत्ति के होते हैं, उन परिवारों के बच्चों को बहुत लंबे समय तक महत्वपूर्ण निर्णय लेने का मौका नहीं मिलता। यही कारण है कि जब भी जीवन में कोई बड़ा निर्णय लेने की ज़रूरत होती है तो हम अपने आस-पास कोई ऐसा इंसान तलाशते हैं, जो हमारे लिए निर्णय ले सके या हमें बता सके कि कौन सा निर्णय लेना ठीक होगा। इस लिहाज़ से देखा जाए तो हम अकसर निर्णय लेने के लिए दूसरों पर निर्भर होते हैं। इसीलिए हमारी निर्णय लेने की क्षमता कमज़ोर होती है, जिसे सुधारने की ज़रूरत है।

SIX

'अच्छे निर्णय अनुभव से आते हैं और अनुभव निर्णय लेने से आते हैं।' चाहे कुछ निर्णय गलत ही क्यों न लिए गए हों। इसका अर्थ है कि आपको अपने निर्णय (चाहे छोटे निर्णय से शुरुआत करें) खुद लेने चाहिए, भले ही वे सही हों या गलत। क्योंकि अगर आप कभी कोई गलत निर्णय नहीं लेंगे तो सही निर्णय लेना नहीं सीख पाएँगे। आम तौर पर गृहिणियों की निर्णय लेने की क्षमता कमज़ोर होती है। शादी के सालों बाद भी पत्नी हर रोज़ पति से या परिवार के अन्य सदस्यों से सवाल पूछती है कि

'आज खाने में क्या बनाऊँ?' वास्तविकता यह है कि जो लोग निर्णय नहीं ले पाते, उन्हें जीवन में अपेक्षाकृत अधिक समस्याओं का सामना करना पड़ता है। हमें ऐसी समस्या का सामना न करना पड़े इसलिए आगे दी गई तकनीक का इस्तेमाल कर, निर्णय लेना शुरू करें।

ऐसा माना जाता है कि हमारा दिमाग २०% से अधिक ऊर्जा सोचने में गँवाता है। इसलिए अमरीका के प्रेज़ीडंट ओबामा हमेशा नीले अथवा ग्रे रंग के सूट पहनते हैं क्योंकि वे अपनी ऊर्जा को ऐसे निर्णयों में नहीं खपाना चाहते। वे कहते हैं कि 'आज मैं क्या पहनूँ और क्या खाऊँ? मैं ऐसे निर्णय नहीं लेना चाहता क्योंकि मुझे रोज़ इससे अधिक महत्वपूर्ण कई निर्णय लेने होते हैं।'

ओबामा मेमो (स्मृति पत्र) में एक ही तरह की प्रणाली का उपयोग करते हैं। वे बोलने से अधिक लिखित निर्णयों को महत्त्व देते हैं। जब भी उनके कर्मचारी उनसे कोई निर्णय पूछना चाहते हों तो वे उसे ओबामा की टेबल पर लिखित मेमो के रूप में छोड़ जाते हैं, जिसके नीचे तीन विकल्प लिखे होते हैं:

- ☐ *मान्यता देता हूँ*
- ☐ *मान्यता नहीं देता हूँ*
- ☐ *इस पर विचार-विमर्श करते हैं*

ओबामा वह मेमो पढ़कर तीनों विकल्पों में से एक का चुनाव करते हैं। इस प्रक्रिया के ज़रिए निर्णय लेने का कार्य आसान हो जाता है।

रोज़ क्या पहनना है, क्या खाना है, रोज़मर्रा के कार्यों को कैसे करना है - यह तय करके रखना आपका बहुत बड़ा समय बचा सकता है। इससे आपको अपने बहुत ही महत्वपूर्ण कार्यों पर ध्यान लगाने का समय मिल पाता है।

SIX

प्लस-माइनस इंटरेस्टिंग तकनीक

निर्णय लेने की क्षमता सुधारने की सबसे सरल और प्रभावी तकनीक है 'पी.एम.आई' तकनीक। 'पी' है प्लस, 'एम' है माइनस और 'आई' है इंटरेस्टिंग। यह तकनीक महान रचनात्मक विचारक *एडवर्ड डी बोनो* के द्वारा बताई गई थी।

आपके निर्णय से कुछ लोग सहमत होते हैं तो कुछ असहमत। जो लोग सहमत

होते हैं, वे सिर्फ उस निर्णय के सकारात्मक पक्ष को देख रहे होते हैं, जबकि असहमत लोगों की नज़रें सिर्फ उसके नकारात्मक पक्ष की ओर होती हैं। इसके चलते हम अकसर अपनी ही समझ के दायरे में फँस जाते हैं। इसीलिए जब हम किसी काम के लिए एक बार 'हाँ' बोल देते हैं तो फिर उसी काम के लिए 'ना' बोलना मुश्किल हो जाता है। अगर एक बार 'ना' बोला हो तो 'हाँ' बोलना भी मुश्किल हो जाता है।

अगर किसी काम को लेकर आपके दिमाग में कोई नया विचार आता है तो अकसर आप अपने उस विचार पर इतना मोहित हो जाते हैं कि कोई उसके नकारात्मक पक्ष बताए तो आप सुन नहीं पाते। ऐसी स्थिति से निकलने में 'पी.एम.आई.' तकनीक बहुत काम आती है। जब भी आपको कोई निर्णय लेना हो तो इस तकनीक का उपयोग करें। इस तकनीक के अनुसार आपको अपने निर्णय के तीन पहलुओं पर मनन करना है। ये तीन पहलू हैं,

१. प्लस बिंदू – आपके निर्णय के सकारात्मक पहलू कौन–कौन से हैं? इस पर विचार करें।

इस चरण में आप सभी सकारात्मक मुद्दों की गणना करते हैं। यह करते वक्त यह ध्यान रखें कि हमें नकारात्मक मुद्दों पर ध्यान नहीं देना है बल्कि केवल सकारात्मक बातों को लिखते जाना है।

२. माइनस बिंदू – दूसरे चरण में निर्णय के नकारात्मक पहलुओं पर विचार करें।

इस समय आपको उस स्थिति से संबंधित जितनी भी नकारात्मक और आलोचनापूर्ण बातें याद आती हैं, वे लिखनी हैं।

३. इंटरेस्टिंग बिंदू – तीसरे चरण में निर्णय से संबंधित दिलचस्प बातों पर विचार करें।

विचार करते वक्त कुछ ऐसे पहलू भी होंगे जो न तो सकारात्मक लगते हैं, न ही नकारात्मक हैं लेकिन दिलचस्प हैं या अलग सोच देते हैं। उन्हें दिलचस्प चरण में रखें।

अब ऊपर दिए गए तीनों भागों पर विश्लेषण करके आप अपना निर्णय आसानी से ले पाएँगे। आप नकारात्मक पहलुओं पर ध्यान देकर उसके समाधान पर सोच पाएँगे।

कोई निर्णय कितना सही या कितना गलत हो सकता है, यह तय करना केवल

भावनात्मक प्रक्रिया नहीं है। यह पूरी तरह समझ पर आधारित है और इसे तर्क के माध्यम से ही तय करना चाहिए। वास्तव में यह तरीका इतना सरल है कि इसका उपयोग कोई भी कर सकता है। इस सरल परंतु शक्तिशाली तकनीक का उपयोग कर, सही समय पर सही निर्णय लेने की आदत को विकसित करें ताकि आगे चलकर आपका समय बच सके।

◆ ◆ ◆

अपना करोड़ों का समय, दस पैसों के निर्णय पर खर्च न करें।

- पीटर टुरला

समय नियोजन टिप

व्यायाम और काम का मेल

क्या ऑफिस के कर्मचारियों के साथ मीटिंग्स में आपका काफी समय चला जाता है?

टिप : ऑफिस में ज़्यादातर मीटिंग केबिन में बैठकर ली जाती है। यदि आपको समय बचाना है तो 'वॉकिंग मीटिंग्स' करें।

वॉकिंग मीटिंग के दो फायदे हैं। पहला तो लोग चलते हुए केवल मुद्दे की बातों पर ही बातचीत करते हैं। दूसरा यह कि मीटिंग के साथ-साथ आपका चलने का व्यायाम भी हो जाता है।

समय नियोजन करते हुए, वॉकिंग मीटिंग आपके लिए बहुत फायदेमंद सिद्ध हो सकती है।

तेईसवाँ घंटा

छोटे समय पर रखें अपना ध्यान

थोड़े से खाली समय का भरपूर उपयोग

समय है 'फसल के बीज' जिन्हें बोकर
ऐसी फसल मिलती है, जो सफल फल देती है।

SIX

आप सोच रहे होंगे कि पहले ही समय की कमी है और यहाँ खाली समय निकालने के लिए कहा जा रहा है, यह कैसे संभव है? आपने सुना होगा कि 'पैसों की बचत करना पैसे कमाने जैसा होता है।' यही रहस्य समय के साथ भी लागू किया जा सकता है। समय की बचत आपको अतिरिक्त समय प्रदान करती है। उदा. अगर आप सौ रुपए में से दस रुपए यानी दस प्रतिशत बचाते हैं तो ये दस रुपए आपकी कमाई है।

उसी तरह विद्यार्थी के पास परीक्षा में सौ दिन बाकी हैं तो वह सोचेगा कि 'मेरे पास केवल नब्बे दिन बाकी हैं।' क्योंकि वह दस दिन (प्रतिशत) की बचत करेगा और नब्बे दिन में अपना अभ्यास पूरा करेगा। फिर वह उन बचे हुए खाली दस दिनों का इस्तेमाल रचनात्मक तरीके से कर पाएगा। इन दस दिनों में वह विद्यार्थी ऐसा कुछ सोचेगा जो बाकी कोई विद्यार्थी नहीं सोच पाएगा। वैसे तो विद्यार्थी अपना पूरा समय जो पाठ्यक्रम मिला है, उस पर ही काम करते-करते व्यतीत कर देते हैं और रोते-धोते परीक्षा देकर आते हैं। निकाले गए दस दिन रचनात्मक कार्य करने के काम आते हैं। ये दस दिन ही उसके विकास का कारण बन सकते हैं।

खाली समय के लिए तैयार रहें

जब भी आप किसी से मिलने जाते हैं तो आपको आम तौर पर उस इंसान का थोड़ा-बहुत इंतज़ार करना ही पड़ता है। उसी तरह अगर आप कोई काम निपटाने के लिए घर से निकले हैं, तब भी आपको किसी न किसी चीज़ के लिए कुछ देर इंतज़ार करना पड़ता है। इंतज़ार करना हमारी रोज़मर्रा की ज़िंदगी का हिस्सा बन चुका है। फिर चाहे आप अपॉईंटमेंट लेकर किसी से मिलने गए हैं, अपने बच्चों को स्कूल से लेने गए हैं या फिर किसी स्टोर या टिकट खिड़की की पंक्ति में खड़े हैं इत्यादि। इस अवधि को अपना रचनात्मक समय बनाएँ। अगली बार जब आपको पता चले कि आपकी फ्लाइट देर से उड़ान भरेगी या आपका डॉक्टर नियत समय पर मिलने के बजाय एक घंटे बाद मिलेगा, ऐसे में परेशान होने के बजाय यह समझें कि यह समयावधि आपका "खाली समय" है, जो किसी उपहार से कम नहीं है। जब भी कहीं बाहर जाएँ तो अपने "खाली समय" का सदुपयोग करने के लिए स्मार्ट फोन, नोटपैड और पढ़ने के लिए छोटी किताबें वगैरह साथ लेकर जाएँ। इस समय का मनन करने के लिए भी उपयोग हो सकता है।

इस दौरान उन नई अवधारणाओं और विचारों के बारे में भी सोचा जा सकता है, जिन्हें आप अपने जीवन पर लागू करना चाहते हैं। जैसे कि लेखक जैसॉन वोमैक ने कहा है कि 'अगर आप हर जगह अपना कुछ काम साथ लेकर जाते हैं तो आपको उसे पूरा करने का मौका भी ज़रूर मिलता है।' भले ही यह काम ई-मेल का जवाब देना हो, ज़रूरी फोन कॉल करना हो, किसी प्रस्ताव की समीक्षा करना हो, कोई नया प्रस्ताव तैयार करना हो या फिर अगली कक्षा के लिए पढ़ाई करना हो इत्यादि।

समय को लेकर सभी सफल लोग सतर्क रहते हैं। वे जानते हैं कि समय बड़ा बलवान होता है और उसके सदुपयोग से ही सफलता संभव है। अकसर लोगों का घर से ऑफिस तक जाने का रास्ता लंबा होता है, उसमें उनके पास बड़ा समय होता है। सेल्समैन का तो अधिकांश समय यात्रा में ही बीतता है। हमें यह जान लेना चाहिए कि अगर हम दिन के ढाई घंटे यात्रा करते हैं तो हमारे जीवन का लगभग दस प्रतिशत समय यात्रा में ही चला जाता है। यात्रा के दौरान ज़्यादातर लोग या तो मोबाईल पर गाना सुनते हैं, अखबार पढ़ते हैं या गपशप करते हैं। वे यह नहीं जानते कि इस दौरान प्रेरक पुस्तकें पढ़कर, शैक्षणिक टेप्स सुनकर या कोई अन्य महत्वपूर्ण कार्य करके वे अपने लक्ष्य तक ज़्यादा तेज़ी से पहुँच सकते हैं।

उदा. नेपोलियन जब सेना के साथ युद्ध करने जाते थे तो वे उस समय पत्र लिखकर अपने समय का सदुपयोग करते थे। एडिसन जब किशोरावस्था में थे तब वे यात्रा करते समय अपने प्रयोगों में जुटे रहते थे। बिल गेट्स यात्रा के दौरान मोबाईल पर ज़रूरी बातें करके इस सिद्धांत पर अमल करते थे। उन्होंने तो एक बार अपने गैरेज में अफ्रिका का नक्षा टाँग दिया था ताकि जब वे अपने कार का इग्निशन बंद करें तो उनके वे कीमती क्षण भी बरबाद न हों।

लोगों को लगता है सप्ताह के अंत (वीकेण्ड्स) का अर्थ है मनोरंजन का समय। आप यह सोचकर हैरान रह जाएँगे कि सप्ताहांत में थोड़ा सा काम निपटा लेने से सप्ताहभर के लिए आपके काम का बोझ कितना हलका हो जाता है। हर सप्ताहांत में २-४ घंटे खाली समय निकालें व उसमें थोड़े से काम करने का लक्ष्य बनाएँ। आप देखेंगे, इसके बावजूद आपके पास अन्य गतिविधियों के लिए काफी सारा खाली समय बचेगा।

इंतज़ार करना किसी को अच्छा नहीं लगता। परंतु कई बार हमें मजबूरन बस, ट्रेन का या किसी इंसान का इंतज़ार करना पड़ता है। इसलिए हमारे पास ऐसे छुट-पुट कार्यों की सूचि होनी चाहिए, जिन्हें हम इंतज़ार करते समय निपटा सकें। यदि हमारे पर्स, थैले या जेब में छुट-पुट काम तैयार रहते हैं तो हमें इंतज़ार में कष्ट भी नहीं होंगे और हमारा काम भी हो जाएगा।

SIX

◆ ◆ ◆

यह न कहें कि आपके पास पर्याप्त समय नहीं है।
आपके पास एक दिन में उतने ही घंटे हैं, जितने हेलन केलर,
पास्चर, माइकल एन्जेलो, मदर टेरेसा, लियोनार्डो द विंची,
थॉमस जेफरसन और अल्बर्ट आइंस्टीन को दिए गए थे।

-एच. जैक्सन ब्राउन

चौबीसवाँ घंटा

एकांत में मौन का समय

समय नियोजन की आध्यात्मिक तकनीक

होशपूर्वक विराम और काम :
थकने से पहले विराम,
सुस्ती आने से पहले काम शुरू करें।
इससे बैटरी हमेशा चार्ज रहेगी,
काम गति से होंगे और समय भी बचेगा।

S
I
X

इस पुस्तक में समय नियोजन की कई सारी तकनीकें दी गई हैं, जैसे कि अन्य पुस्तकों में भी दी जाती हैं। यदि आप इस पुस्तक में से किसी एक आदत को अपने जीवन में उतारना चाहें तो वह यह होगी कि हर रोज़ एकांत और मौन के लिए समय निकालें।

एकांत और मौन के समय में ही विश्व के आविष्कार हुए हैं। जैसे कई वैज्ञानिकों को जब वे आराम कर रहे थे या बाथ टब में नहा रहे थे, उस खाली समय में ऐसे विचार सूझे, जिनसे बड़े-बड़े आविष्कार हुए। ये समय जो आप स्वयं को देते हैं, इसमें बड़े चमत्कार होते हैं। इसलिए समय की बचत को छोटा न समझें। समय बचाना शुरू करेंगे तो इसमें छिपे रहस्य आपको समझ में आते जाएँगे।

एकांत में मौन का समय – इसका अर्थ क्या है?

एकांत में मौन के समय का अर्थ है, रोज़ १० से ३० मिनट 'कुछ नहीं' करने के लिए निकालना। इस समय में केवल अपने साथ, एकांत में रहें। आपको यह आदत आजीवन, अपने पूरे दिन के साथ तालमेल बिठाने में मदद करेगी।

इसके दो आयाम हैं – एकांत और मौन। पहले हम एकांत के बारे में जानते हैं। एकांत का अर्थ अकेलापन नहीं है। यह एकांत में रहना है। अकेलेपन का अर्थ है आंतरिक रिक्तता, जबकि एकांत का अर्थ आंतरिक भरपूरता। एकांत में आप स्वयं के साथ होते हैं और बाकी दुनिया व दुनिया की चीज़ों से परे होते हैं।

दूसरा आयाम है 'मौन' का। स्वयं के साथ 'मौन' में रहें। हम यहाँ मौन में ध्यान के बारे में बात नहीं कर रहे। हम यहाँ स्वयं के साथ रहने और अपने जीवन पर शांति से सोचने पर बात कर रहे हैं। आइए, इस पर और स्पष्टता प्राप्त करते हैं।

एकांत में मौन समय का उपयोग कैसे करें :

यहाँ दिए जा रहे ४ महत्वपूर्ण कदमों द्वारा आप शांत समय की शुरुआत कर सकते हैं।

जगह और समय : एक जगह निश्चित करें जहाँ आप अपना शांत समय व्यतीत कर सकें। अधिकतर यह आपके घर का कमरा हो सकता है। यह जगह व्यवधान मुक्त और आरामदेह होनी चाहिए। कुछ समय निश्चित कर लें और उस वक्त के लिए, सारे कामों को बाजू में रख दें। शुरुआत १० या १५ मिनट का समय निकालकर करें। इस कदम की महत्वपूर्ण कड़ी है 'निरंतरता' तो यह याद रखें कि शुरुआत में कोई बड़ा लक्ष्य न हो। ज़्यादातर लोग इसे दिन की शुरुआत में करना पसंद करते हैं। आप कोई अन्य समय भी चुन सकते हैं। छोटे समय के लिए यदि आप निरंतरता रखते हैं तो आगे इस समय को बढ़ाया भी जा सकता है।

आराम करें : शुरुआत कुछ आरामदेह कार्य करने से करें, जैसे ध्यान में बैठना, संगीत

सुनना, प्रार्थना करना इत्यादि। किसी आसन में बैठना आवश्यक नहीं है। आरामदेह स्थिति में बैठना महत्वपूर्ण है। इस समय पर खड़े न रहें और न ही चलें या दौड़ें। यदि आप चाहें तो अपनी साँस पर ध्यान केंद्रित कर सकते हैं। आरामदेह रहना केवल एक चरण है, न कि लक्ष्य।

कुछ न करें और कुछ न करना भी न करें : कुछ मिनटों के लिए आराम करने के बाद अब केवल बैठे रहें, कुछ न करें। कई लोग इस 'कुछ न करने' की अवस्था में कुछ करने की कोशिश कर सकते हैं। वे कह सकते हैं कि इस समय पर मैं कोई मंत्र दोहराऊँ... कोई ध्यान करूँ। परंतु कुछ नहीं करना है। कोई भी कार्य करने का प्रयास नहीं करना है। यदि आप चाहें तो बीच-बीच में स्वयं को याद दिला सकते हैं कि 'मैं कुछ नहीं करनेवाला हूँ और कुछ न करना भी नहीं करनेवाला हूँ।' एकांत में मौन के इस समय में ज़्यादातर वक्त इसी तरह बिताएँ। यह सबसे मुश्किल कदम है परंतु इसी कदम से परिणाम मिलते हैं। यह आखिरी कदम का आधार भी है।

सोचें : आखिरी पाँच मिनटों में अपने जीवन के एक भाग पर सोचें। शांति से सोचें। स्रोत को मार्गदर्शन देने दें। आप अपने हॉबी, पैशन, आदतों के बारे में सोच सकते हैं। आप अपने आध्यात्मिक जीवन के बारे में सोच सकते हैं। आप अपना समय कैसे बिताते हैं, इसके बारे में भी सोच सकते हैं। रोज़ केवल एक भाग लें और उसके बारे में सोचें। आप अपनी आज की दिनचर्या के बारे में भी सोच सकते हैं। उसके बाद आप उन चीज़ों के बारे में सोच सकते हैं, जिन्हें आप पूरा करना चाहते हैं। यह मानसिक समय नियोजन करने जैसा है। परंतु समय नियोजन से अधिक, आप अपने सबसे महत्वपूर्ण कार्यों को मानसिक तौर पर होते हुए देख रहे हैं। आप नई उभरती हुई युक्तियों को भी शांति से देख सकते हैं। उन युक्तियों को पेपर पर लिख लें। फिर आप यह कदम जारी रख सकते हैं।

एकांत में मौन पर समय क्यों देना चाहिए –

इस एक्सरसाईज़ के निम्निलिखत लाभ पढ़ लें।

१ – तनाव दूर करने में मदद : हम एक तनावपूर्ण समाज में रहते हैं। यहाँ तनाव और उससे जुड़ी बीमारियाँ चरम सीमा पर हैं। स्वयं के साथ समय बिताने से आपको आराम मिलता है। इससे आप रीफ्रेश हो जाते हैं और दुनिया में जाकर समस्याओं का सामना करने के लिए तैयार हो जाते हैं।

२ – समस्या सुलझाने में मदद : केवल बैठकर समस्या पर विचार करना, समस्या क्यों निर्माण हुई, इस पर सोचना, इसे सुलझाने के उच्चतम समाधान के बारे में सोचना... इससे समस्या को सुलझाने के बहुत ही अच्छे तरीके मिल सकते हैं।

यदि समाधान नहीं भी मिलता तो समस्या पर गहराई से मनन करने से आपकी

दृढ़ता और बढ़ जाती है। इससे आपमें आगे बढ़ने का साहस निर्माण होता है और आंतरिक शांति मिलती है।

३ – स्वयं को बेहतर समझ पाने में मदद : क्या आप स्वयं को वाकई जानते हैं? क्या आपको लगता है कि आप यह जानते हैं कि आप असल में कौन हैं? अधिकतर लोग यह नहीं जानते। स्वयं के साथ वक्त बिताने से, हो सकता है कि आपको इन सवालों का पूरा जवाब न मिल पाए परंतु आप इस बारे में सजग ज़रूर हो जाएँगे कि आपका जीवन कैसा चल रहा है और अपने जीवन के बारे में आप कैसा महसूस करते हैं। आप यह महसूस कर पाते हैं कि आप कौन हैं और दुनिया में कहाँ पर फिट होते हैं।

४ – सहनशक्ति और शांति में वृद्धि : क्या आप समय की कमी महसूस करके, कभी स्वयं को ज़्यादा चिड़चिड़ा महसूस करते हैं? क्या आप लोगों पर आसानी से गुस्सा हो जाते हैं? जितना ज़्यादा आप लोगों को दुःख देनेवाला मानते हैं, उतने ही दुःख देनेवाले लोग आपको मिलेंगे। आप दुनिया को बदल नहीं सकते, न ही लोगों के बोलने पर लगाम लगा सकते हैं। आप यह कर सकते हैं कि आप अपना दृष्टिकोण बदलें। कुछ समय स्वयं के साथ, एकांत और मौन में बिताने के बाद, आप देखेंगे कि दुःख कम महसूस हो रहे हैं और आप आरामदेह अवस्था में हैं। साथ ही आप अधिक सहनशक्ति युक्त महसूस करेंगे।

५ – अधिक उत्पादकता : स्वयं के साथ समय बिताने से आप अपने काम के बारे में सोच पाएँगे और समय को कैसे नियोजित करना है, यह भी सोच पाएँगे। आखिरी कदम में आप अपने जीवन के एक भाग पर सोचते हैं। इससे आप अपने दिनभर के कार्यों के बारे में भी सोच सकते हैं कि आप आज क्या लक्ष्य प्राप्त करना चाहते हैं? लक्ष्य के लिए आज आप कौन से कदम से शुरुआत करना चाहेंगे? ऐसी बातों पर शांति से सोचने से आपकी उत्पादकता बढ़ती है।

उपर्युक्त सभी बातों के पीछे एक ही बात का ध्यान रखें कि यह निरंतरता से करें। आप पाएँगे कि कुछ ही मिनट, आपको बड़ी मदद करेंगे। ये आपको समय नियोजन में अधिक मदद करेंगे और इस पुस्तक में दी गई तकनीकों पर कार्य करने में भी मदद करेंगे। तो...

ऑन यॉर मार्क, गेट सेट, गो...

यॉर टाइम स्टार्टस् नाओ!

* * *

परिशिष्ट

दूसरों का समय बचाएँ तो वे आपका समय बचाएँगे।

जीओ और जीने दो।

बचाओ (समय) और (समय) बचने दो।

भाग
1

समय नियोजन द्वारा तनाव से मुक्ति

लक्ष्य के लिए समय निकालने का तरीका

'खुश लोग दोगुना काम करते हैं!' इस पंक्ति पर दो मिनट मनन करें।

खुश रहने के लिए समय प्रबंधन (टाइम मॅनेजमेंट) की ज़रूरत होती है। तनाव के वक्त आप अपनी आधी ऊर्जा से ही काम करते हैं, इसके विपरित जब आप खुश होते हैं, तब अपनी दूसरी और तीसरी ऊर्जाओं का भी इस्तेमाल करते हैं। जो लोग अपने समय का अच्छी तरह प्रबंधन नहीं कर पाते, वे तनाव के शिकार हो जाते हैं।

समय हर इंसान के पास होता है; कमी तो लक्ष्य की होती है।

लक्ष्य पर समय निकालने के लिए आपको कुछ निश्चित कदमों का अनुसरण करना चाहिए। सबसे पहले अपने लक्ष्य के पीछे का वह बुनियादी लक्ष्य तय करें, जिसे आप अंततः हासिल करना चाहते हैं। लक्ष्य दिशा देता है, विचारों को मज़बूत बनाता है और आसानी से काम निपटाने में मदद करता है।

इसके लिए अपना लक्ष्य तय करके उसे लिख लें। ज़्यादा बड़ा लक्ष्य हासिल करने के लिए पहले छोटा लक्ष्य तय करें और उसे हासिल करें। उदाहरण के लिए, कोई

विद्यार्थी यह लक्ष्य तय कर सकता है कि वह अमुक विषय में इतने प्रतिशत नंबर लाएगा। वह अपने इस लक्ष्य को लिख लेगा। फिर उसे यह फैसला करना होगा कि वह हर दिन सुबह कितने बजे उठेगा और रात को कितने बजे सोएगा।

अगला कदम यह फैसला करना है कि वह कब इस टाइम टेबल पर चलना शुरू करेगा। सिर्फ इतना ही नहीं, उसे तो स्कूल में बिताए गए समय की अवधि भी लिखनी होगी।

इसी तरह आप भी अपनी समय सारणी बना सकते हैं, जिसमें ऑफिस पहुँचने, तैयार होने, लंच, यात्रा आदि समय दर्ज होगा। इन सारी गतिविधियों में आप कितना समय बिताते हैं, उसके कुल घंटे सारणी में लिखें। इस सूची में यह भी लिखें कि आप किस वक्त अपना सर्वोच्च प्रदर्शन करते हैं और किस वक्त आपकी उत्पादकता सबसे कम होती है। देर रात तक काम करने से बचें।

नीरस काम आने पर खुद से पूछें और लिखें कि आप किसी नीरस काम को कितनी देर तक कर सकते हैं। कम से कम उतनी देर तक उसे करने की कोशिश करें। वरना कुछ लोग नीरस काम शुरू ही नहीं कर पाते।

अपने समय के बेहतर न्यायाधीश बनें। यहाँ पर समय बरबाद करनेवाली गतिविधियों का एक चार्ट बनाया गया है। इसे भरकर आप अपना विश्लेषण कर सकते हैं।

समय को बरबाद करनेवाली गतिविधियाँ :

१. टी.वी. देखना/रेडियो सुनना   हाँ ☐ /नहीं ☐

२. गपशप लड़ाना   हाँ ☐ /नहीं ☐

३. राजनीति (इसमें पूरा अखबार पढ़ना भी शामिल है)   हाँ ☐ /नहीं ☐

४. तैयार होने में बहुत ज़्यादा समय लगाना   हाँ ☐ /नहीं ☐

५. चीज़ें खोजने में ज़रूरत से ज़्यादा समय लगाना   हाँ ☐ /नहीं ☐

६. फोन पर ज़रूरत से ज़्यादा समय बातें करना   हाँ ☐ /नहीं ☐

७. किसी से बदला लेने की योजना बनाने में व्यर्थ समय गँवाना   हाँ ☐ /नहीं ☐

८.	निर्णय लेने में ज़रूरत से ज़्यादा समय लगाना	हाँ ☐ /नहीं ☐
९.	बहस में समय बरबाद करना	हाँ ☐ /नहीं ☐
१०.	भुलक्कड़पन के कारण समय बरबाद करना	हाँ ☐ /नहीं ☐
११.	कामों को कल पर टालना	हाँ ☐ /नहीं ☐
१२.	अचानक मेहमानों का आगमन होना	हाँ ☐ /नहीं ☐
१३.	लक्ष्य तय करने में समय लगाना	हाँ ☐ /नहीं ☐

तनाव और आराम के बीच संतुलन करना सीखें। यह संतुलन आपको तनाव बढ़ने से पहले आराम करना सिखाता है और आराम में आलसी बनाने से पहले काम शुरू करना सिखाता है। थोड़े आराम के बाद आप ज़्यादा असरदार काम कर पाएँगे।

जिन चीज़ों को आप नियंत्रित नहीं कर सकते उनकी चिंता करके अपना वक्त बरबाद न करें। उनके बारे में शिकायत करने के बजाय उन्हें स्वीकार कर, अनुमति दें। फिर उन चीज़ों पर ध्यान केंद्रित करें, जिन्हें आप सचमुच सीख सकते हैं।

ईश्वर भी उन्हीं लोगों की मदद करता है, जो अपनी मदद खुद करते हैं। समय नियोजन करके स्वयं को तनाव मुक्त करने में मदद करें।

भाग
2

मीटिंग्स को प्रभावशाली बनाने का तरीका

अपने ऑफिस की मीटिंग्स को यदि आप अधिक उत्पादक बनाना चाहते हैं तो ज़रूरी है कि आपकी मीटिंग्स कम समय में अधिक प्रभावशाली हों। मीटिंग में खर्च होनेवाले समय को, अकसर लोग समय की बरबादी कहते हैं। जबकि हरेक को अलग-अलग समय पर जानकारी देने से अच्छा है कि हम एक साथ मिलकर लोगों को मीटिंग में जानकारी दे दें। इससे सभी का समय बचता है और एक जैसी जानकारी होने के कारण, गलतफहमियाँ होने की आशंकाएँ कम हो जाती हैं।

आइए, समझते हैं कि कम समय में मीटिंग को प्रभावशाली कैसे बनाया जाए –

मीटिंग से पहले हमेशा आपको यह जाँच लेना चाहिए कि आप क्यों मिल रहे हैं?... मीटिंग का उद्देश्य क्या है और इसमें कितना समय खर्च होगा?

आपको यह सुनिश्चित करना होगा कि मीटिंग से आपको वह हासिल हो, जिसकी आपको ज़रूरत है। यदि मीटिंग से कोई परिणाम या उपलब्धि हासिल नहीं हो रही है तो इसका अर्थ है कि वह मीटिंग आपके लिए लाभकारी साबित नहीं हुई और उसमें हिस्सा लेने से आपका कीमती समय बरबाद हुआ। बैठक का उद्देश्य भली-भाँति

समझ लें और सबसे पहले एजेंडा (बैठक की कार्य सूची) अग्रिम प्राप्त कर लें। केवल उन्हीं बैठकों में उपस्थित रहें, जिनमें आपकी ही ज़रूरत हो।

आम तौर पर मीटिंग्स के बारे में लोगों की धारणा होती है कि मीटिंग करने में कम से कम एक घंटे का समय खर्च होना तय है। जबकि अगर आप चाहें तो बड़ी से बड़ी मीटिंग को भी कुछ ही मिनटों में सफल तरीके से पूरा किया जा सकता है। कुछ कंपनियों में तो मीटिंग करने में ही पूरा दिन निकल जाता है और कुछ खास परिणाम हासिल भी नहीं होते। आइए, मीटिंग्स में जा रहे अनावश्यक समय को, प्रभावशाली मीटिंग के समय में परिवर्तित करना सीखें।

अकसर ऐसा होता है कि मीटिंग की शुरुआत का कुछ समय चाय-कॉफी पीने और इधर-उधर की बातों में निकल जाता है, जिस वजह से मीटिंग शुरू करने में देर हो जाती है और कंपनी को कुछ हासिल नहीं होता। ऊपर से खर्च बढ़ता जाता है।

जरूरी है कि मीटिंग के समय को लेकर नियम बनाए जाएँ। मीटिंग्स को निश्चित समय पर शुरू और समाप्त करें। चाहे कुछ कर्मचारी मीटिंग में देर से आएँ लेकिन आप उनका इंतज़ार न करें। इससे न सिर्फ आपका समय बचेगा बल्कि दूसरों का कीमती समय भी बरबाद नहीं होगा।

इसके अलावा कई बार जो लोग मीटिंग में देर से पहुँचते हैं, उनके लिए वे सारी बातें दोहराई जाती हैं, जो उनकी अनुपस्थिति में बताई गई थीं। इससे दोगुना समय बरबाद होता है।

इसके लिए देर से आनेवालों के लिए मीटिंग की बातें न दोहराएँ। मीटिंग रूम में एक रेकॉर्डिंग यंत्र रखें और मीटिंग शुरू होते ही सारी बातें रिकॉर्ड कर लें। देर से आनेवालों को वह रिकॉर्डिंग सुनने के लिए कह दें।

आम तौर पर मीटिंग्स में लोग तकनीकी सुविधाओं का उपयोग नहीं करते। लोग मीटिंग के लिए लैपटॉप, नोटबुक या मोबाईल की जगह कागज़ ले जाते हैं और वहाँ जो बताया जाता है, उसे बेमन से उस कागज़ पर लिख लेते हैं। मीटिंग के बाद हॉल से बाहर आते ही उस कागज़ को कचरे के डिब्बे में डाल देते हैं। ऐसी मीटिंग का क्या फायदा? इसमें आपका समय बरबाद हुआ, स्टेशनरी बरबाद हुई और जो कुछ आपने कहा, वह भी बरबाद हुआ।

इसीलिए मीटिंग्स में तकनीकी सुविधाओं का उपयोग होना चाहिए। मीटिंग्स में होनेवाली चर्चाएँ, जानकारी और कार्य को आप सीधे अपने कंप्यूटर/लैपटॉप या

मोबाईल में लिखकर रखें। समय आने पर आप इसे लोगों को ई-मेल भी कर सकते हैं। इससे आप पहले कागज़ पर फिर लैपटॉप में जानकारी डालने का समय बचा सकते हैं।

मीटिंग्स में कई बार महत्वपूर्ण मुद्दों के अलावा बेकार की बातें होने लगती हैं- जैसे कोई कर्मचारी मीटिंग में अपनी बात कहते-कहते विषय से भटक जाता है, किसी और विषय में चला जाता है। इस तरह मीटिंग शुरू एक विषय से होती है और खत्म किसी और विषय पर।

हर मीटिंग का एक एजेंडा होना चाहिए और मीटिंग में हिस्सा लेनेवाले हर इंसान को वह एजेंडा पता होना चाहिए। एजेंडा होने के बावजूद कई लोग विषय से भटक जाते हैं। ऐसी स्थिति में सबसे आसान और प्रभावी तरीका है, बज़र का। बज़र को आप एक सिग्नल की तरह उपयोग करें। मीटिंग के दौरान जब भी आपको लगे कि कोई विषय से भटक रहा है तो आप बज़र बजाकर उस इंसान को याद दिलाएँ कि वह विषय से भटक रहा है। मीटिंग में सभी को यह सिग्नल देने का हक होना चाहिए, इसका लाभ यह होगा कि लोग सतर्क रहेंगे।

शुरुआत में लोग एक-दो बार विषय से भटकेंगे लेकिन हर बार उन्हें उनकी गलती याद दिलाई जाएगी तो वे समझ जाएँगे। अगर विषय से अलग किसी को कुछ बताना हो तो पहले अनुमति लेने की आदत डालें और उसके लिए भी २-३ मिनट का समय तय करें।

जब तक कर्मचारियों के अंदर यह आदत विकसित नहीं होगी, तब तक जिस मीटिंग में १०-१५ मिनट का समय लगना चाहिए, उसमें दो घंटे का समय लगता रहेगा और आपका कीमती समय बरबाद होता रहेगा।

मीटिंग में लगनेवाले समय को कम करने के लिए, नीचे दिए गए कुछ रचनात्मक तरीकों को अपनाएँ :

१. हर मीटिंग को एक घंटे के लिए करने की आवश्यकता नहीं है, आप सिर्फ ३०-४५ मिनट के लिए भी मीटिंग कर सकते हैं क्योंकि इन ३०-४५ मिनटों में भी आप वह हासिल कर सकते हैं, जिसके लिए आप एक घंटा खर्च करनेवाले थे।

२. कभी बड़ी मीटिंग करनी भी पड़ी तो वह चार घंटे से ज़्यादा लंबी नहीं होनी चाहिए क्योंकि इंसान कुछ समय के बाद ही थकावट महसूस करने लगता है। दिनभर की मीटिंग में भी वह अपनी क्षमता अनुसार ही भाग लेता है।

३. कभी-कभी स्टैंडिंग मीटिंग भी करें। स्टैंडिंग मीटिंग का अर्थ है, जहाँ मीटिंग में

आनेवाले कुर्सियों पर न बैठें बल्कि खड़े-खड़े ही बात कर लें। इस मीटिंग की विशेषता यह है कि यह सटीक मुद्दों के साथ, बहुत कम समय में ही पूरी हो जाती है। दरअसल जब लोग बैठ जाते हैं तो उन्हें दोबारा उठने में बड़ा समय लगता है, जिससे मीटिंग बेवजह देर तक चलती है और समय बरबाद होता है।

४. इस तरह समय बरबाद होने का मुख्य कारण है, मीटिंग्स को लेकर कर्मचारियों के बीच अनुशासन की कमी। दरअसल मीटिंग में हिस्सा लेने और मीटिंग आयोजित करने के लिए लोगों को प्रशिक्षण की ज़रूरत है। जब तक यह प्रशिक्षण नहीं मिलेगा, वे वही पुरानी गलतियाँ दोहराते रहेंगे और अपना व दूसरों का समय बरबाद करते रहेंगे।

मीटिंग पर मिली इस जानकारी का इस्तेमाल करके, अपनी मीटिंग्स को प्रभावशाली बनाएँ और समय बचाएँ।

भाग
3

समय के संबंधित मान्यताएँ

'**स**मय ही नहीं मिलता' क्या यह मान्यता है? मान्यता का अर्थ है कि 'इंसान कुछ बातें केवल मानकर रखता है, उनमें वास्तविकता नहीं होती, वे मात्र उसकी कल्पनाओं में होती हैं'। इंसान के मन में कई सारी मान्यताएँ होती हैं और वह उन्हीं के अनुसार कार्य करता है। सालों पहले हर मान्यता बनने के पीछे कारण हुआ करते थे मगर आज वे कारण तो समाप्त हो गए मगर मान्यता वैसे ही रह गई है। जैसे एक मान्यता यह बनाई गई कि 'रात में झाड़ू नहीं लगानी चाहिए'। मगर वास्तविकता यह है कि यह मान्यता तब बनाई गई, जब बिजली का आविष्कार नहीं हुआ था। बिजली न होने के कारण हमेशा यह डर रहता था कि कहीं कोई कीमती चीज़ कचरे के साथ चली न जाए। इसलिए रात में झाड़ू न लगाने और कचरा बाहर न फेंकने की मान्यता बनी। आज बिजली आने की वजह से इस मान्यता का कोई मतलब नहीं रहा। इंसान के जीवन में ऐसी कई सारी छोटी-छोटी मान्यताएँ हैं, जिनकी वास्तविकता जानने का साहस इंसान करे और उससे मुक्त हो पाए।

इसी तरह समय प्रबंधन को लेकर भी हमारे अंदर कई मान्यताएँ बनी हुई हैं। जिसका प्रकाश में आना और वास्तविकता जानना ज़रूरी है। आइए, समय से संबंधित

कुछ मान्यताओं और उनकी वास्तविकता से रू-ब-रू होते हैं।

मान्यता १ : हम समय को नियंत्रित कर सकते हैं, बचाकर रख सकते हैं।

वास्तविकता : न हम समय को नियंत्रित कर सकते हैं और न ही उसे बचाकर रख सकते हैं। यदि हम समय को नियंत्रित करने के प्रयास करें तो वे निरर्थक ही साबित होते हैं क्योंकि दिन के अंत में वह मुटठी में कसकर पकड़ी हुई रेत की तरह खिसक जाता है। हमें प्रतिदिन केवल २४ घंटे ही मिलते हैं। अब कुंजी केवल एक है कि हम उपलब्ध समय का उपयोग कैसे करते हैं? हम चाहें तो इस समय का विवेकपूर्वक उपयोग कर सकते हैं या उसे बरबाद कर सकते हैं। किन्तु समय को बचाकर रखना हमारे वश में नहीं है। दिन के अंत में वह हमारे हाथ से निकल चुका होता है।

मान्यता २ : समय प्रबंधन का अर्थ है, कम से कम समय में अधिकतम काम कर पाने की कला।

वास्तविकता : कुछ लोगों का यह मत हो सकता है किन्तु यह धारणा भी गलत है। वास्तव में समय प्रबंधन का अर्थ तो है उपलब्ध समय में, अधिक महत्वपूर्ण कार्यों को पूर्ण करना। हम जो काम करना चाहते हैं वे सारे काम तो संभवतः पूरे नहीं कर सकते। अगर हम अपनी प्राथमिकताओं के अनुसार कामों को तय कर लें और केवल उन्हीं कामों को पूरा करने पर अपना ध्यान केन्द्रित करें तो हम अधिक प्रभावी ढंग से अपना लक्ष्य पूरा कर सकते हैं।

मान्यता ३ : टेलिफोन पर उलझे रहना, अचानक आ टपकनेवाले लोग, मीटिंग्स और काम ये सभी समय को बरबाद करनेवाले प्रमुख कारण हैं।

वास्तविकता : उपर्युक्त बातें भी एक भ्रम हैं। सच्चाई तो यह है कि ये सारी बाधाएँ समय की माँग के अनुसार अनिवार्य होती हैं, न कि ये समय को बरबाद करती हैं। समय की बरबादी की मुख्य वजह है, हमारी गलत आदतें। जैसे काम को टालते रहने की प्रवृत्ति, कार्यों के विचारों में उलझे रहना, चीज़ों को सही जगह पर न रखना और फिर उन्हें ढूँढ़ने में समय बरबाद करना। परफेक्शन की ज़िद के कारण कामों में अटक जाना और आगे न बढ़ाना। निरर्थक कामों में लगे रहना। इन उदाहरणों से हम समझ सकते हैं कि हमारी गलत आदतें ही हमारी सबसे बड़ी शत्रु हैं। सफलता का मूल मंत्र तो है 'खुद को व्यवस्थित करना, न कि दूसरों पर दोषारोपण करते रहना।

मान्यता ४ : एक कार्य हाथ में होते हुए, दूसरा काम हाथ में नहीं लेना चाहिए। उसी काम को अंजाम तक पहुँचाने में लगे रहना चाहिए - यह कामों को करने का एक कारगर तरीका है।

वास्तविकता : निःसंदेह यह एक कारगर तरीका लग सकता है पर प्रत्यक्ष कार्य करने पर यह अधिक प्रभावी नहीं होता। कभी-कभार ही आपके पास इतना समय होता है कि आप एक बैठक में ही एक काम पूरा कर लें। प्रायः यह तरीका अधिक कारगर होता है कि आप अपने प्रोजेक्ट्स को छोटे-छोटे खण्डों में बाँट लें और उन पर प्रतिदिन कुछ समय के लिए कार्य करें। प्राथमिकताएँ तय करके आप उन पर प्रतिदिन छोटी-छोटी तेज़ दौड़ लगाकर काम करें, न कि एक ही बार में एक मैरथौन जैसी लंबी दौड़ लगाकर उसे पूरा करके ही दम लें।

मान्यता ५ : हमें ऑफिस और घर के लिए अलग-अलग कार्य योजना (प्लॉनर) बनानी चाहिए।

वास्तविकता : उपर्युक्त धारणा के ठीक विपरीत, हमें अपने लिए केवल एक ही कार्य योजना बनानी चाहिए क्योंकि सारे काम हमें ही करने हैं। हमें हर जगह स्वयं ही लोगों और कामों को समय देना पड़ता है, फिर चाहे वह स्कूल हो, घर हो, ऑफिस हो इत्यादि। एक ही कार्य योजना के अंतर्गत हमें व्यावसायिक तथा व्यक्तिगत दोनों प्रकार की गतिविधियों को समयबद्ध करना चाहिए। इससे यह लाभ होगा कि व्यावसायिक गतिविधियाँ हमारे पारिवारिक या व्यक्तिगत कार्यों पर गलत प्रभाव नहीं डालेंगी।

मान्यता ६ : केवल मैं ही किसी कार्य को तेज़ी से और अधिक अच्छे तरीके से कर सकता हूँ, कोई दूसरा नहीं कर पाएगा। इससे समय बरबाद होगा।

वास्तविकता : हर कार्य को समय पर और सही तरीके से करने की अपेक्षा रखनेवाले लोग सब कुछ स्वयं ही कर लेने में विश्वास रखते हैं। वे कार्य में किसी भी तरह की कमी बरदाश्त नहीं कर पाते, जो कि एक महँगा सौदा है। वास्तव में हर कार्य को खुद ही अंजाम तक पहुँचाने की ज़िद छोड़कर कुछ कार्य अपने सहयोगी को सौंपना एक फायदे का सौदा साबित हो सकता है। यह एक अच्छे निवेश की तरह है, जिसके लाभ बहुत जल्दी ही आपके सामने आ जाते हैं। सबसे बड़ा लाभ, आप देखते हैं कि आपके द्वारा दिया गया कार्य अधिक कुशलता और सफलता से कर लिया गया और आप अपने महत्वपूर्ण काम के लिए समय भी प्राप्त कर पाए।

मान्यता ७ : मुझे सभी के कार्य करके उनकी उम्मीद पर खरा उतरना है और हर एक को खुश रखना है।

वास्तविकता : यह ज़रूरी नहीं है कि हर इंसान के कार्य और अपेक्षाएँ, आपकी प्राथमिकताएँ और जीवनशैली के लिए उपयुक्त हों। कभी-कभार लोगों की अपेक्षाएँ

असमय और अनुचित होती हैं, जिन्हें पूरा करना आपके लिए असंभव हो सकता है। संभवत: उन्हें संतुष्ट करने के लिए अपने आपको या अपने कार्यशैली को बदलना पड़ सकता है। इसलिए नई ज़िम्मेदारी लेने से पहले पूरी तरह सोच लें कि आपकी आवश्यकता क्या है, फिर ही दूसरों के कार्य में सहयोग करें।

मान्यता ८ : हमें जो भी कार्य करने हैं, उनकी मात्र सूची बनाना ही समय प्रबंधन करना है।

वास्तविकता : किए जानेवाले कार्यों को मात्र सूचीबद्ध कर लेना ही समय प्रबंधन नहीं है। आपके समय नियोजन में आपकी भावनाएँ, प्राथमिकताएँ और काम के प्रति आपका दृष्टिकोण एक बड़ी भूमिका अदा करते हैं। क्योंकि इससे आपको कार्य करने की प्रेरणा मिलती है। आपके कार्य यदि आपको प्रेरित न करें तो उसका आपके कामों पर गहरा असर पड़ सकता है। इसलिए अपने कार्यों की सूची बनाते समय, इन सारी बातों में तालमेल अवश्य बिठा लें।

मान्यता ९ : कितना भी समय प्रबंधन करें, कुछ कार्य अचानक सामने आ जाते हैं और सारी योजना धरी की धरी रह जाती है, फिर समय प्रबंधन का क्या फायदा है?

वास्तविकता : उपर्युक्त कारण कि वजह से समय प्रबंधन का महत्त्व कम नहीं होता है। यदि सही तरीके से योजना बनाई जाए तो अचानक और अनपेक्षित कार्यों पर भी आप नियंत्रण पा सकते हैं। योजना बनाते समय, अचानक आनेवाले कार्यों के लिए कुछ समय रखें। फिर यह तय करें कि इन कार्यों की वजह से अधूरा छोड़ा हुआ कार्य आप कब पूर्ण करेंगे। साथ ही नई जानकारी का बेहतर उपयोग करना सीखें। अपनी संवाद पद्धति भी सुधारें, जिससे ऐसे अचानक आए हुए कार्य के विषयों का जड़ से इलाज हो सके।

मान्यता १० : कठोर परिश्रम करके मैं सारे कार्य पूर्ण कर लूँगा।

वास्तविकता : आदमी जितनी कठोर मेहनत करेगा उतना ही वह अधिक प्राप्त कर सकेगा, क्या यह पुराने समय से चली आ रही धारणा है... परिश्रम ही परिश्रम सफलता की कुंजी नहीं है। विवेकपूर्ण योजना तैयार करके ही काम शुरू करना, कम समय में ही कार्य को संपादित कर लेने की एकमात्र कुंजी है।

मान्यता ११ : मेरे पास समय प्रबंधन करने के लिए भी समय नहीं है, फिर मैं इस काम के लिए अपना समय क्यों बरबाद करूँ?

वास्तविकता : सच तो यह है कि यदि आपके पास समय प्रबंधन करने के लिए भी समय नहीं है तो आपके लिए समय का नियोजन करना और भी आवश्यक हो जाता है। क्योंकि इससे आपको यह स्पष्ट होता है कि हर तरह के कार्य किए जा सकते हैं और

साथ ही समय की बचत भी होती है।

समय प्रबंधन का सिद्धांत यह कहता है कि 'सटीक कार्य योजना बनाने में लगाया गया एक घंटा, उस योजना को क्रियान्वित करने में लगनेवाले तीन-चार घंटों की बचत कर सकता है।' बिना कार्य योजना के किसी महत्वपूर्ण कार्य को करने में सीधे जुट जाने की आदत एक बीमारी जैसी है।

ऊपर दि गई मान्यताओं के अनुसार आपने अपनी मान्यताएँ दर्ज की होंगी और उम्मीद है कि आप अपनी मान्यताओं पर कार्य करेंगे। कई बार हम अपनी मान्यताओं को सच मानकर उसी अनुसार कार्य करते हैं, उसे तोड़ने की कोशिश नहीं करते। जब मान्यताएँ प्रकाश में आती हैं और सच्चाई का पता चलता है तो मान्यताओं को तोड़ने की संभावना बढ़ जाती है। अगली बार जब भी समय प्रबंधन की कोई मान्यता आपके सामने आए तो आप सजग हो जाएँ और उसे नज़रअंदाज़ करके आगे बढ़ें।

साल में कितने दिन होते हैं?
उतने ही, जितने दिनों का उपयोग हम करते हैं।

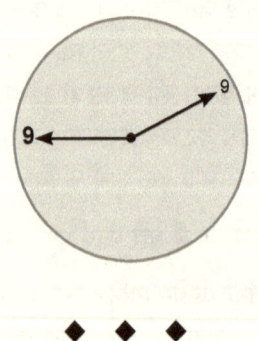

◆ ◆ ◆

आज से एक साल बाद आप सोचेंगे कि
'काश मैंने उसी दिन ही यह काम शुरू कर दिया होता।'

- करेन लैंब

यह पुस्तक पढ़ने के बाद अपना अभिप्राय (विचार सेवा) इस पते पर भेज सकते हैं ...
Tejgyan Global Foundation, Pimpri Colony Post office, P.O. Box 25,
Pune - 411 017. Maharashtra (India).

महाआसमानी परम ज्ञान
शिविर परिचय और लाभ (निवासी)

तेजज्ञान फाउण्डेशन आत्मविकास से आत्मसाक्षात्कार प्राप्त करने का एक रास्ता है। इसके लिए सरश्री द्वारा एक अनूठी बोध पद्धति (System for Wisdom) का सृजन हुआ है। इस पद्धति को अन्तर्राष्ट्रीय मानक ISO 9001:2015 के आवश्यकताओं एवं निर्देशों के अनुरूप ढालकर सरल, व्यावहारिक एवं प्रभावी बनाया गया है।

इस संस्था की बोध पद्धति के विभिन्न पहलुओं (शिक्षण, निरीक्षण व गुणवत्ता) को स्वतंत्र गुणवत्ता परीक्षकों (Quality Auditors) द्वारा क्रमबद्ध तरीके से जाँचा गया। जिसके बाद इन पहलुओं को ISO 9001:2015 के अनुरूप पाकर, इस बोध पद्धति को प्रमाणित किया गया है।

फाउण्डेशन का लक्ष्य आपको नकारात्मक विचार से सकारात्मक विचार की ओर बढ़ाना है। सकारात्मक विचार से शुभ विचार यानी हॅपी थॉट्स (विधायक आनंदपूर्ण विचार) और शुभ विचार से निर्विचार की ओर बढ़ा जा सकता है। निर्विचार से ही आत्मसाक्षात्कार संभव है। शुभ विचार (Happy Thoughts) यानी यह विचार कि 'मैं हर विचार से मुक्त हो जाऊँ।' शुभ इच्छा यानी यह इच्छा कि 'मैं हर इच्छा से मुक्त हो जाऊँ।'

ज्ञान का अर्थ है सामान्य ज्ञान लेकिन तेजज्ञान यानी वह ज्ञान जो ज्ञान व अज्ञान के परे है। कई लोग सामान्य ज्ञान की जानकारी को ही ज्ञान समझ लेते हैं लेकिन असली ज्ञान और जानकारी में बहुत अंतर है। आज लोग सामान्य ज्ञान के जवाबों को ज्यादा महत्त्व देते हैं। उदाहरण के तौर पर– कर्म और भाग्य, योग और प्राणायाम, स्वर्ग और नर्क इत्यादि। आज के युग में सामान्य ज्ञान प्रदान करनेवाले लोग और शिक्षक कई मिल जाएँगे मगर इस ज्ञान को पाकर जीवन में कोई बड़ा परिवर्तन नहीं होता। यह ज्ञान या तो केवल बुद्धि विलास है या फिर अध्यात्म के नाम पर बुद्धि का व्यायाम है।

सभी समस्याओं का समाधान है तेजज्ञान। भय से मुक्ति, चिंतारहित व क्रोध से आज़ाद जीवन है तेजज्ञान। शारीरिक, मानसिक, सामाजिक, आर्थिक और आध्यात्मिक उन्नति के लिए

है तेजज्ञान। तेजज्ञान आपके अंदर है, आएँ और इसे पाएँ।

यदि आप ऐसा ज्ञान चाहते हैं, जो सामान्य ज्ञान के परे हो, जो हर समस्या का समाधान हो, जो सभी मान्यताओं से आपको मुक्त करे, जो आपको ईश्वर का साक्षात्कार कराए, जो आपको सत्य पर स्थापित करे तो समय आ गया है तेजज्ञान को जानने का। समय आ गया है शब्दोंवाले सामान्य ज्ञान से उठकर तेजज्ञान का अनुभव करने का।

महाआसमानी परम ज्ञान शिविर परिचय और लाभ (निवासी)

क्या आपको उच्चतम आनंद पाने की इच्छा है? ऐसा आनंद, जो किसी कारण पर निर्भर नहीं है, जिसमें समय के साथ केवल बढ़ोतरी ही होती है। क्या आप इसी जीवन में प्रेम, विश्वास, शांति, समृद्धि और परमसंतुष्टि पाना चाहते हैं? क्या आप शारीरिक, मानसिक, सामाजिक, आर्थिक और आध्यात्मिक इन सभी स्तरों पर सफलता हासिल करना चाहते हैं? क्या आप 'मैं कौन हूँ' इस सवाल का जवाब अनुभव से जानना चाहते हैं।

यदि आपके अंदर इन सवालों के जवाब जानने की और 'अंतिम सत्य' प्राप्त करने की प्यास जगी है तो तेजज्ञान फाउण्डेशन द्वारा आयोजित 'महाआसमानी शिविर' में आपका स्वागत है। यह शिविर पूर्णतः सरश्री की शिक्षाओं पर आधारित है। सरश्री आज के युग के आध्यात्मिक गुरु और 'तेजज्ञान फाउण्डेशन' के संस्थापक हैं, जो अत्यंत सरलता से आज की लोकभाषा में आध्यात्मिक समझ प्रदान करते हैं।

महाआसमानी शिविर का उद्देश्य :

इस शिविर का उद्देश्य है, 'विश्व का हर इंसान 'मैं कौन हूँ' इस सवाल का जवाब जानकर सर्वोच्च आनंद में स्थापित हो जाए।' उसे ऐसा ज्ञान मिले, जिससे वह हर पल वर्तमान में जीने की कला प्राप्त करे। भूतकाल का बोझ और भविष्य की चिंता इन दोनों से वह मुक्त हो जाए। हर इंसान के जीवन में स्थायी खुशी, सही समझ और समस्याओं को विलीन करने की कला आ जाए। मनुष्य जीवन का उद्देश्य पूर्ण हो।

'मैं कौन हूँ? मैं यहाँ क्यों हूँ? मोक्ष का अर्थ क्या है? क्या इसी जन्म में मोक्ष प्राप्ति संभव है?' यदि ये सवाल आपके अंदर हैं तो महाआसमानी शिविर इसका जवाब है।

महाआसमानी परम ज्ञान शिविर के मुख्य लाभ :

इस शिविर के लाभ तो अनगिनत हैं मगर कुछ मुख्य लाभ इस प्रकार हैं...
* जीवन में दमदार लक्ष्य प्राप्त होता है। * 'मैं कौन हूँ' यह अनुभव से जानना (सेल्फ रियलाइजेशन) होता है। * मन के सभी विकार विलीन होते हैं। * भय, चिंता, क्रोध, बोरडम, मोह, तनाव जैसी कई नकारात्मक बातों से मुक्ति मिलती है। * प्रेम, आनंद, मौन, समृद्धि, संतुष्टि, विश्वास जैसे कई दिव्य गुणों से युक्ति होती है। * सीधा, सरल और शक्तिशाली जीवन प्राप्त होता है। * हर समस्या का समाधान प्राप्त करने की कला मिलती है। * 'हर पल वर्तमान में

जीना' यह आपका स्वभाव बन जाता है। * आपके अंदर छिपी सभी संभावनाएँ खुल जाती हैं। * इसी जीवन में मोक्ष (मुक्ति) प्राप्त होता है।

महाआसमानी परम ज्ञान शिविर में भाग कैसे लें?

इस शिविर में भाग लेने के लिए आपको कुछ खास माँगें पूरी करनी होती हैं। जैसे – १) आपकी उम्र कम से कम अठारह साल या उससे ऊपर होनी चाहिए। २) आपको सत्य स्थापना शिविर (फाउण्डेशन ट्रुथ रिट्रीट) में भाग लेना होगा, जहाँ आप सीखेंगे- वर्तमान के हर पल को कैसे जीया जाए और निर्विचार दशा में कैसे प्रवेश पाएँ। ३) आपको कुछ प्राथमिक प्रवचनों में उपस्थित होना है, जहाँ आप बुनियादी समझ आत्मसात कर, महाआसमानी शिविर के लिए तैयार होते हैं।

यह शिविर साल में पाँच या छह बार आयोजित होता है, जिसका लाभ हज़ारों खोजी उठाते हैं। इस शिविर की तैयारी आगे दिए गए स्थानों पर कराई जाती है। पुणे, मुंबई, दिल्ली, सांगली, सातारा, जलगाँव, अहमदाबाद, कोल्हापुर, नासिक, अहमदनगर, औरंगाबाद, सूरत, बरोडा, नागपुर, भोपाल, रायपुर, चेन्नई, वर्धा, अमरावती, चंद्रपुर, यवतमाल, रत्नागिरी, लातूर, बीड, नांदेड, परभणी, पनवेल, ठाणे, सोलापुर, पंढरपुर, अकोला, बुलढाणा, धुले, भुसावल, बैंगलोर, बेलगाम, धारवाड, भुवनेश्वर, कोलकत्ता, राँची, लखनऊ, कानपुर, चंदीगढ़, जयपुर, पणजी, म्हापसा, इंदौर, इटारसी, हरदा, विदिशा, बुरहानपुर।

आप महाआसमानी की तैयारी फाउण्डेशन में उपलब्ध सरश्री द्वारा रचित पुस्तकें पढ़कर कर सकते हैं। इसके अलावा आप रेडियो और यू ट्यूब पर सरश्री के प्रवचनों का लाभ भी ले सकते हैं मगर याद रहे, ये पुस्तकें, रेडियो और यू ट्यूब के प्रवचन शिविर का परिचय मात्र है, तेजज्ञान नहीं। आप महाआसमानी शिविर में भाग लेकर ही तेजज्ञान का आनंद ले सकते हैं। आगामी महाआसमानी शिविर में अपना स्थान आरक्षित करने के लिए संपर्क करें : **09921008060/75, 9011013208**

महाआसमानी परम ज्ञान शिविर स्थान

महाआसमानी महानिवासी शिविर 'मनन आश्रम' पर आयोजित किया जाता है। यह आश्रम पुणे शहर के बाहरी क्षेत्र में पहाड़ों और निसर्ग के असीम सौंदर्य के बीच बसा हुआ है। इस आश्रम में पुरुषों और महिलाओं के लिए अलग-अलग, कुल मिलाकर 700 से 800 लोगों के रहने की व्यवस्था है। यह आश्रम पुणे शहर से 17 किलो मीटर की दूरी पर है। हवाई अड्डा, हाइवे और रेल्वे से पुणे आसानी से आ-जा सकते हैं।

मनन आश्रम - सर्वे नं. ४३, सनस नगर, नांदोशी गांव, किरकटवाडी फाटा, तहसील - हवेली, जिला - पुणे - ४११ ०२४. फोन : 09921008060

मनन आश्रम : मनन आश्रम, पुणे, सर्वे नं. ४३, सनस नगर, नांदोशी गाँव, किरकट वाडी फाटा, तहसील - हवेली, जिला : पुणे - ४११०२४.

फोन : 09921008060

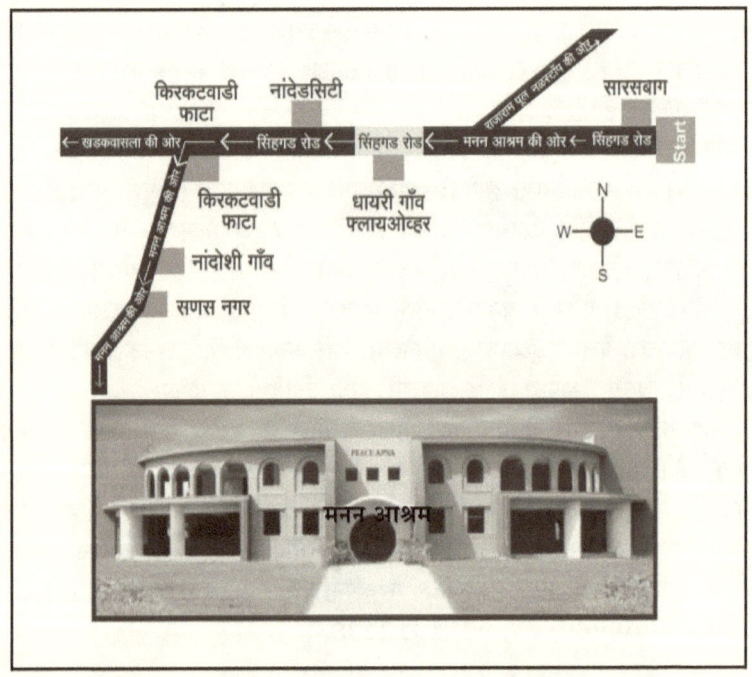

e-mail

mail@tejgyan.com

website

www.tejgyan.org, www.gethappythoughts.org

तेजज्ञान इंटरनेट रेडियो

२४ घंटे और ३६५ दिन सरश्री के प्रवचन और भजनों का लाभ लें, तेजज्ञान इंटरनेट रेडियो द्वारा। देखें लिंक

http://www.tejgyan.org/internetradio.aspx

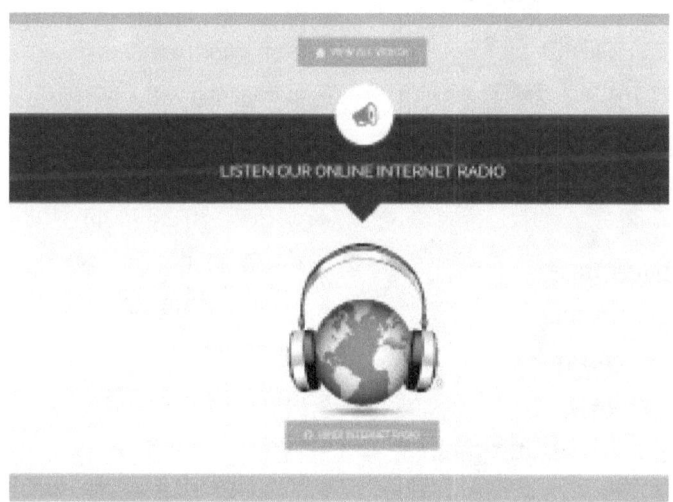

* हर रविवार सुबह १०.०५ से १०.१५ रेडियो विविध भारती, एफ. एम. पुणे पर 'तेजविकास मंत्र'

नोट : उपरोक्त कार्यक्रमों के समय बदल सकते हैं इसलिए समय पुष्टि करें।

तेजज्ञान फाउण्डेशन – मुख्य शाखाएँ पुणे (रजिस्टर्ड ऑफिस)
विक्रांत कॉम्प्लेक्स, तपोवन मंदिर के नज़दीक, पिंपरी,
पुणे-४११०१७. फोन : 020-27411240, 27412576

मनन आश्रम
सर्वे नं. ४३, सनस नगर, नांदोशी गाँव, किरकटवाडी फाटा,
तहसील – हवेली, जिला– पुणे – ४११ ०२४. फोन : 09921008060

आप कौन सी पुस्तकें पढ़ें

सभी के लिए

- संपूर्ण लक्ष्य • प्रार्थना बीज
- विचार नियम - पावर ऑफ हॅपी थॉट्स
- विकास नियम - आत्मविकास द्वारा संतुष्टि पाने का राज़
- इमोशन्स पर जीत
- सुनहरा नियम - रिश्तों में नई सुगंध
- दुःख में खुश क्यों और कैसे रहें
- विश्वास नियम - सर्वोच्च शक्ति के सात नियम
- स्वीकार का जादू
- स्वसंवाद का जादू
- स्वयं का सामना
- खुशी का रहस्य
- वार्तालाप का जादू - कम्युनिकेशन के बेहतरीन तरीके
- समय नियोजन के नियम
- आत्मविश्वास सफलता का द्वार
- नींव नाइन्टी - नैतिक मूल्यों की संपत्ति
- वर्तमान का जादू
- तनाव से मुक्ति
- धीरज का जादू
- रहस्य नियम - प्रेम, आनंद, ध्यान,समृद्धि और परमेश्वर प्राप्ति का मार्ग

वरिष्ठ नागरिकों के लिए

- ३ स्वास्थ्य वरदान
- स्वास्थ्य त्रिकोण • पृथ्वी लक्ष्य
- मृत्यु उपरांत जीवन
- जीवन की नई कहानी मृत्यु के बाद

सत्य के खोजियों के लिए

- ध्यान नियम - ध्यान योग नाइन्टी
- ईश्वर ही है तुम कौन हो यह पता करो, पक्का करो
- ईश्वर से मुलाकात - तुम्हें जो लगे अच्छा, वही मेरी इच्छा
- मृत्यु का महासत्य - मृत्युंजय
- गुरु मुख से उपासना - गुरु करें तो क्यों करें वरना न करें
- कर्मात्मा और कर्म का सिद्धांत
- प्रार्थना बीज
- निःशब्द संवाद का जादू
- पहेली रामायण
- आध्यात्मिक उपनिषद्
- शिष्य उपनिषद्
- The मन -कैसे बने मन-नमन, सुमन, अमन और अकंप
- संपूर्ण ध्यान - २२२ सवाल
- बड़ों के लिए गर्भसंस्कार
- निराकार : कुल-मूल लक्ष्य
- सत् चित्त आनंद

व्यापारियों / कर्मचारियों के लिए

- विचार नियम - पॉवर ऑफ हॅपी थॉट्स
- हर तरह की नौकरी में खुश कैसे रहें
- ध्यान और धन
- प्रार्थना बीज
- पैसा रास्ता है मंजिल नहीं
- तनाव से मुक्ति
- संपूर्ण सफलता का लक्ष्य

आप कौन सी पुस्तकें पढ़ें

विद्यार्थियों के लिए
- विचार नियम फॉर यूथ
- वार्तालाप का जादू - कम्युनिकेशन के बेहतरीन तरीके
- विकास नियम - आत्मविकास द्वारा संतुष्टि पाने का राज़
- नींव नाइन्टी - बेस्ट कैसे बनें
- संपूर्ण लक्ष्य - संपूर्ण विकास कैसे करें
- वचनबद्ध निर्णय और जिम्मेदारी
- आत्मविश्वास सफलता का द्वार
- संपूर्ण सफलता का लक्ष्य
- सन ऑफ बुद्धा फॉर यूथ
- रामायण फॉर टीन्स

महिलाओं के लिए
- आत्मनिर्भर कैसे बनें
- स्वसंवाद का जादू
- बड़ों के लिए गर्भसंस्कार
- स्वास्थ्य त्रिकोण
- इमोशन्स पर जीत

अभिभावकों (Parents) के लिए
- बच्चों का संपूर्ण विकास कैसे करें
- सुनहरा नियम - रिश्तों में नई सुगंध
- रिश्तों में नई रोशनी
- वार्तालाप का जादू - कम्युनिकेशन के बेहतरीन तरीके

स्वास्थ्य के लिए
- स्वास्थ्य त्रिकोण
- ३ स्वास्थ्य वरदान
- B.F.T. बॅच फ्लॉवर थेरेपी
- स्वास्थ्य के लिए विचार नियम

महापुरुषों की जीवनी
- भक्ति का हिमालय - The मीरा
- सद्गुरु नानक - साधना रहस्य और जीवन चरित्र
- भगवान बुद्ध
- भगवान महावीर - मन पर विजय प्राप्त करने का मार्ग
- दो महान अवतार - श्रीराम और श्रीकृष्ण
- रामायण - वनवास रहस्य
- बाहुबली हनुमान
- जीज़स - आत्मबलिदान का मसीहा
- स्वामी विवेकानंद
- रामकृष्ण परमहंस
- संत तुकाराम
- संत ज्ञानेश्वर
- झीनी झीनी रे बीनी पृथ्वी चदरिया - आओ मिलें संत कबीर से

e-books - ●The Source ●Complete Meditation ●Ultimate Purpose of Success ●Enlightenment ●Inner Magic ●Celebrating Relationships ●Essence of Devotion ●Master of Siddhartha ●Self Encounter, and many more.
Also available in Hindi at **GooglePlay** books and **Kindle**

Free apps - U R Meditation & Tejgyan Internet Radio on all platforms like Android, iPhone, iPad and Amazon

e-magazines - 'Yogya Aarogya' & 'Drushtilakshya' emagazines available on www.magzter.com

e-mail - mail@tejgyan.com

website - www.tejgyan.org, www.gethappythoughts.org

- विश्व शांति प्रार्थना -

'पृथ्वी पर सफेद रोशनी (दिव्य शक्ति) आ रही है।
पृथ्वी से सुनहरी रोशनी (चेतना) उभर रही है।
विश्व से सारी नकारात्मकता दूर हो रही है।
सभी प्रेम, आनंद और शांति के लिए
खुल रहे हैं, खिल रहे हैं।'

यह 'सामूहिक अव्यक्तिगत प्रार्थना' तेजज्ञान फाउण्डेशन के सदस्य पिछले कई सालों से निरंतरता से कर रहे हैं। खुश लोग यह प्रार्थना कर सकते हैं और बीमार, दुःखी लोग उस वक्त एक जगह बैठकर इस प्रार्थना को ग्रहण कर स्वास्थ्य लाभ पा सकते हैं। यदि इस वक्त आप परेशान या बीमार हैं तो रोज़ सुबह या रात 9:09 को केवल ग्रहणशील होकर इस भाव से बैठें कि 'स्वास्थ्य और शांति की सफेद रोशनी जो इस वक्त प्रार्थना में बैठे कई लोगों द्वारा नीचे पृथ्वी पर उतर रही है, वह मुझमें भी अपना कार्य कर रही है। मैं स्वस्थ और शांत हो रहा हूँ।' कुछ देर इस भाव में रहकर आप सबको धन्यवाद देकर उठें।

www.ingramcontent.com/pod-product-compliance
Lightning Source LLC
LaVergne TN
LVHW091048100526
838202LV00077B/3081